KB113739

런던의 안식월

런던의 안식월

이승민

바람

Knightsbridge

차례

심사평

〈런던의 안식월〉은 2014 K-오서 어워즈 당선작입니다.

삶은 여행의 연속이다. 사람들은 사람들이 사는 곳으로 여행한다. 그곳에 사는 사람들 역시 여행을 할 것이다. 모든 사람이 모든 곳을 가볼 수도 없다. 어디가 좋은지, 어떤 일이 여행을 최상의 것으로 만드는지 확정할 수 없다. 마찬가지로 여기에 있는 다섯 편의 작품들에서도 여행 끝에 얻어지는 궁극의 정답은 없다. 도시 밤하늘의 희미한 별처럼 막연한, 희미해서 희망처럼 보이는 각자의 시선 둘 곳을 찾아낼 뿐이다.

여행 소설에는 다른 데 없는 정보가 있다. 소설이니만큼 재미는 기본이다. 가보지 않고도 간접적으로 경험할 수 있고 미리 가보기라도 한 듯 내 여행의 행선지를 정할 수 있게 해준다는 점도 큰 강점이다.

본심에 올라온 작품들은 대체로 문장이나 전개, 구성에서 별다른 흠이 없는 수작들이라 할 수 있었다. 차이를 만든 것은 절실함, 경험과 느낌의 밀도였다.

이한나의 〈비포 선 라이즈〉는 영화 제목을 연상시키듯 터치가 영상적이다. 캄보디아라는 시공간에서 우연히 만나고 헤어지는 사람, 사람들과 풍경이 작가의 정처 없는 영혼을 스쳐지나간다. 가볍게 지나가는 것 같지만 간단하지 않은 사연이 몸과 영혼에 새겨지는 것 같고, 순간의 선택이 그 뒤의 몇 분 몇 시간을 좌우하는 듯하다.

이정하의 〈모래의 나라〉는 우리가 아주 익숙하고 잘 안다고 생각하는 중국과 북한 두 나라의 이야기다. 아니, 거기에 남한 또는 대한민국이 있으니 세 나라와 두 여자 이야기가 되겠다. 이 소설은 쉽지 않다. 잘 아는 것 같지만 외계처럼 낯설다. 그럼에도 그 안에는 인간과 삶이 있다.

이정준의 〈난쿠루 나이사, 실버 서퍼〉는 말 그대로 생의 만년에 서퍼의 길로 떠난 사나이와 남겨진 가족들, 아들의 이야기다. 서술 방식으로 편지 글을 삽입한 것은 좋았으나 스스로 제약을 자초한 면이 있어 보인다. 서술자의 일방적인 입장이 강화되면서 독자와의 거리를 멀게 만드는 건 아닌지 생각해볼 필요가 있을 것 같다.

원소영의 〈따로 또 같이 프로방스를 걷다〉는 엄마와 딸이 같은 공간인 프랑스 남부 프로방스에 머물지만 서로 만나지 못하고 애증으로 서로를 추억하며 살아온 날들을 반추하는 형식이다. 그들이 집을 떠나온 이유는 서로에게 있지만 결국 그들은 프로방스라는 지역의 시공에 머리부터 발끝까지 잠긴다. 이런 것이 여행이다. 혼자 또는 혼자나 다름없는 일행과의 진짜배기 여행. 가이드도 없이 지향도 없는.

이승민의 〈런던의 안식월〉은 단순치 않은 주제와 소재를 가지고 있는 작품이다. 만남과 이별, 동성애, 티베트, 불륜, 돌발적인 통고에 맞닥뜨린 삶, 기다림, 또 기다림…… 사건의 연속이지만 문장은 내성적이고 차분하다. 자기 연민보다는 훨씬 더 강력한 도구인 성찰과 냉정한 시선을 가지고 있다는 게 느껴진다. 작가로서는 중요한 자원이다. 그걸 보여주는 것으로도 개성이 있다고 할 수 있다. 이 작품이 당선작으로 선정된 이유다.

어느 작품을 하나 콕 찍어서 '가장 우수한 작품이니 상을 주시라'고 말하기가 참으로 어렵다. 그렇지만 결국 결정을 해야 했다. 여행을 테마로 한 소설 역시 소설이다. 거기에도 소설의 문법이 적용된다. 그 밀도가 당락을 갈랐다. 당선자에게는 축하를 보내고 아쉽게 다음을 기약하게 된 분들의 정진을 빈다.

2014년 8월 성석제

런던의 안식월

쇼디치의 붉은 벽돌 아파트

10년 만에 찾은 쇼디치Shoreditch 에는 붉은 벽돌 아파트가 없었다. 대신 테렌스 콘랜Terence Conran 영국의 전설적인 리빙 디자이너. 1931년생인 그는 기사 작위를 받았다. 이 디자인했다는 부티크 호텔이 자리하고 있었다. 이곳에 아파트가 있었다는 사실을 알려주기 위한 배려인 것처럼 붉은 벽돌로 된 기존 벽면 일부가 남아 있었고, 그 위로 녹색 수풀로 뒤덮인 두 개 층과 옥상 정원이 새로 생겨났다. 아날로그적인 감성을 유지하고자 한 디자인 의도가 직관적으로 느껴지는 호텔이었다. 선보다는 면, 구조보다는 텍스처에 집중해 만들었다는 느낌이 든다고 내뱉자 곁에 서 있던 데런이 고개를 절레절레 흔들며 물었다.

"너 지금 런던에 왜 왔는지 잊은 건 아니지?"

멋들어지게 서 있는 호텔은 런던에 온 목적을 더 또렷하게 상기시켰다. 지금 이곳에 붉은 벽돌 아파트가 있어야 했다는 안타까움과 함께. 쇼디치는 10년 전에 비해 서울 가로수길처럼 화려하고 번잡스런 동네로 변해 있었다. 오랜 세월 터를 잡아왔던 허름한 가옥과 누추한 상점과 이끼 낀 공장들을 밀어내며 물결치듯 퍼져 나갔을 변화의 궤적, 그 속도감이 어렵지 않게 그려졌다. 저마다 유명한 디자이너가 참여했다는 크고 작은 건축물이 여기저기 생겨났고, 이름값 덕분에 주민보다 관광객 숫자가 훨씬 많아진 것 같다는 게 데런 설명이었다.

10년 전에는 분명 여행자보다 거주민 수가 훨씬 많았다. 못내 서운하고 아쉬운 마음이 입안에 깔끄럽게 감돌아 혀로 입천장을 몇 번 훔쳤다. 시대적 감성에 맞춰 날렵하게 탈바꿈한 거리를 여행자 입장이 아닌 거주자 입장에서 받아들이고 있는 내가 문제였다. 호텔을 둘러보며 입맛을 다시는 이상한 놈처럼 보일까봐 나는 입을 꾹 다물고 생각했다. 현재 분위기대로라면 그토록 낡고 허름했던 붉은 벽돌 아파트는 없어져 마땅했다고. 다만 야심차게 세웠던 여행 계획이 그 시작부터 빗나가버린 데다가 열한 시간 이십 분 동안 비행하느라 잔뜩 날카로워진 신경 탓에 피로가 더 빠르게 몰려왔다.

"네 얘기 듣고서야 나도 기억이 났어. 여기에 붉은 벽돌 아파트가 있었다는 걸."

데런은 나란히 옆에 서서 함께 호텔을 올려다보며 말했다. 쌍둥이 같은 모습으로 서 있는 영국 남자와 한 동양 남자를 몇몇이 호기심 어린 표정으로 쳐다보고 지나갔다. 그들 눈에는 10년 세월이 만들어 놓은 간극이 거북한 체기가 되어 얹혀 있는 내 속내까지는 보이지 않을 것이다. 현지인 가이드를 두고도 비싼 부티크 호텔에 들어갈까 허름한 게스트 하우스로 향할까 고민하며 돈 한 푼에 벌벌 떠는, 멀고 먼 작은 나라에서 온 졸부 관광객쯤으로 여길 테지.

새롭게 태어난 낯선 것들이 원래 있던 존재들을 대체하는 속도가 갈수록 빨라지고 있는 것은 런던도 마찬가지였다. 과거를 잊어버리는 사람들 습성은 그런 변화의 속도를 훨씬 앞지른다. 하물며 10년 전 모습이 내 기억 속에 성한 형태로 남아 있을 리 없었다. 붉은 벽돌 아파트의 형태와 질감 역시 뇌리 속에서 자가 소멸 과정을 밟은 지 이미 오래다. 눈으로 직접 봤음에도 불구하고 이곳이 그곳이 맞는지에 대한 의심은 아직 꺼지지 않았다. 다만 낡은 기억에 따라오는 당연한 부작용이라고 자위할 뿐이었다.

"언제까지 인간 볼링 핀이 된 채 서 있을 거지?"

어깨를 밀치고 지나가는 행인을 향해 짜증 섞인 시선을 날리며 데런이 투덜거렸다. 계속해서 몰려드는 인파 탓에 데런과 나는 이리 치이고 저리 치이며 말 그대로 볼링 핀이 되어 있었다.

3년 전 향수 출시 행사를 위해 서울을 방문했을 당시 나와 그는 기자 대 인터뷰이로 만났다. 데런은 지금 이곳에서 만인의 볼링 핀이 되기엔 상당히 유명한 글로벌 향수 브랜드의 수석 조향사다. 가끔 안부 메일을 주고받던 게 소통의 전부였건만 히드로Heathrow 공항으로 마중 나온 그는 나를 차에 태우고 일언반구 없이 쇼디치까지 동행했다. 그가 없었다면 이곳이 붉은 벽돌 아파트가 있었던 장소가 맞는지조차 확인 불가능했을 것이다.

"그 낡은 아파트, 가장 쇼디치다운 건물이라 반드시 지켜야 한다고 레지스터 오피스에 많은 민원이 들어갔지."

이곳까지 오는 차 안에서 데런은 이미 아파트가 없어졌다는 사실을 전했지만 직접 눈으로 봐야겠다는 나를 위해 기꺼이 차를 돌렸다. 강산이 한 번 변한다는 세월이 지나 다시 찾은 런던은 인혜와 한국으로 떠나던 그날처럼 우산을 쓰기에도, 쓰지 않기에도 애매한 비가 추적거렸다. 오는 내내 비행기 좌석에 파묻혀 있느라 잔뜩 구겨져버린 외투 속으로 습한 냉기가 파고들었다. 서울에 비를 뿌린 구름이 런던으로 와 똑같은 비를 뿌려도 아마 전혀 다른 비라고 말할 것이다. 비에도 그 도시만의 에너지가 담긴다는 사실을 확실하게 깨달을 수 있는 방법은 여행밖에 없다.

데런은 말없이 호텔만 올려다보는 나를 위해 자동차 트렁크 문을 열고 우산을 꺼내 와 씌워주었다.

"런던에서 이 정도 비에 우산 쓰는 건 얼간이들이나 하는 짓이라는 건 알지?"

고마운 나의 런더너Londoner 친구. 더 이상 붉은 벽돌 아파트는 존재하지 않는다는 사실을 육안으로까지 확인했지만 쉽사리 발길이 떨어지지 않았다. 아니, 어디로 발길을 돌려야 할지 판단이 서지 않았다. 왜 나는 10년이나 지난 오래된 아파트가 재건축에 들어갔거나 지진으로 무너졌거나 폭파돼 사라졌을 가능성들에 대해 단 한 번도 의심해보지 않았을까. 의심하지 않았으므로 대안도 없었다. 세월의 변수를 깡그리 무시한 내 허술한 사고가 이 여행을 초장부터 망쳐 놓고 있다는 생각에 불쾌한 짜증이 밀려왔다.

- 유진, 꼭 그 아파트였으면 좋겠어. 우리 둘만의 여행을 위해.

인혜 목소리가 환청처럼 들려왔다. 3년 동안 유학 시절을 함께 보낸 붉은 벽돌 아파트는 그녀 말대로 런던에서 보낼 우리의 여행을 위해 반드시 필요한 공간이었다. 그녀가 도착했을 때 붉은 벽돌 아파트가 사라졌다고 전할 일을 상상하니 짜증 위에 걱정이 쌓였다.

"나 이곳에 묵어야겠어. 붉은 벽돌은 남아 있잖아."

서울에서 떠나기 전에 나는 대략적인 상황을 데런에게 전했다. 얼굴 한 번 보고 가끔 안부 메일을 주고받던 그에게 기나긴 영문 편지를 쓰면서도 그가 이 상황을 어떻게 받아들일지에 대해서는 염려하지 않았다. 서로에게 첫사랑이었지만 지금은 그녀의 내연남이라는 것, 우리는 곧 이별을 할 것이라는 사실과 그 마지막 여행을 위해 런던을 찾는다는 이야기를 고해성사 하는 신자가 된 기분으로 전했다. 장황한 메일을 받은 데런은 런던 도착 날짜와 시각만을 되물었을 뿐이다.

쇼디치의 붉은 벽돌 아파트를 한 달 정도 렌트하고 싶다는 추신에 그는 사전 답사까지 다녀와 놓고 내가 도착할 때까지 아무 말도 하지 않았다. 레지스터 오피스에서 붉은 벽돌 아파트의 운명을 확인했을 때 이미 그는 나를 자신의 집에 묵게 할 생각이었다고 했다. 내가 붉은 벽돌 아파트의 대안을 찾지 못했어도 하늘이 두 쪽 나게 큰일 날 일은 없었던 셈이다.

“보기엔 이래도 여기 비싸다고. 내가 게이라서 싫은 건가?”

우산을 쓴 채 데런이 장난스럽게 울상을 지으며 말했다. 훤칠한 키에 적당히 기른 수염과 깨끗한 피부, 부드러운 금발 머릿결에 스웨이드 재킷을 걸쳐 입은 그는 누구에게든 충분히 매력적인 존재다.

“네가 게이라는 사실을 잊고 있었어. 일깨워줘서 고마워.”

데런은 한 손을 들어 올리며 웃음을 띤 채 천만에, 라고 답했다.

내가 호텔 안으로 들어가 체크인을 하는 동안 그는 차에서 여행 가방을 가져왔다. 10년 전 한국으로 돌아갈 때 들었던 낡은 트렁크였다. 데런은 진작 재활용 분리수거함으로 들어갔어야 할 녀석을 내려다보며 잠기는 게 신기할 정도라고 했다. 여기저기 긁히고 찌그러져 있는 트렁크는 나만큼 낡고 지친 행색이었다. 녀석에게 묻고 싶었다. 넌 이곳이 인혜와 함께 살았던 그곳이라는 게 믿겨지느냐고. 10년 만에 이곳을 다시 찾은 이유를 실감하겠느냐고. 덜덜거리며 돌아가는 바퀴에서 연신 쇳소리가 났다. 바보 같은 소리 그만하고 어서 구차스러운 가방으로서의 운명이나 끝내달라고 애원하는 것 같다. 이번에도 나는 외면한다. 아직 아니야. 조금만 더 기다려.

직원이 투숙 절차를 밟는 동안 주변을 둘러봤다. 투박하고 오래돼 보이는 외관과 달리 호텔 내부는 세련되고 현대적인 느낌으로 가득했다. 강렬한 원색으로 채워진 사방 벽면과 높은 아치형 천장, 그리고 상단 벽에 걸려 있는 추상 회화 작품들이 어딘지 초현실적인 감성을 자아내고 있었다. 직조 형태로 둥그렇게 만들어진 거대한 유리 펜던트 여러 개가 천장으로부터 내려와 있었는데, 그 역시 하나하나가 시선을 멈추게 하는 오브제였다. 한 액자 속에서 전라 차림으로 아래를 내려다보고 있는 여인이 눈에 들어왔다. 풍만한 가슴과 거뭇한 그곳을 커다란 바나나 두 개가 T자 형태로 아슬아슬하게 가리고 있었다. 여인은 오르가슴에 다다른 희열에 찬 표정 같기도 했고, 분노가 폭발하기 직전 안간힘을 다해 화를 참고 있는 것처럼 보이기도 했다. 액자 아래에 작은 설명이 적혀 있었지만 눈으로는 읽을 수 없는 높이였다. 그림을 올려다보고 있는 나를 향해 데런이 속삭였다.

"저 작품의 제목은 '난 남자의 우람한 바나나가 필요해요, 지금 당장!'일 거야."

무방비 상태에서 싱거운 웃음이 터졌다.

"성공했군. 너 런던에 도착한 후로 처음 웃었어."

직원은 우리가 왜 웃는지 영문도 모른 채 미소를 지으며 카드키를 건네주었다. 독특한 서체로 호텔 이름이 박혀 있는 카드키를 받아드니 비로소 타지에서 보내게 된 첫날밤이 현실로 다가왔다. 외국 출장이나 여행을 갈 때마다 이국적인 감흥을 더 자극하는 건 풍경이나 사람들보다는 작은 식당 테이블에 놓인 냅킨이거나 호텔 로비 대리석 바닥에 새겨진 아가일 패턴일 때가 많다.

방에 들어오는 것까지 본 후 데런은 돌아갔다. 화려하진 않지만 말끔하게 정돈돼 있는 방에서는 호텔 특유의, 막 세탁을 마친 섬유 냄새가 났다. 이곳이 우리가 머물렀던 좁고 남루한 아파트였다는 흔적은 어디에서도 찾을 수 없었다. 구조와 동선, 인테리어와 소품 모든 것이 주거 형태에서 숙박 형태로 완벽하게 바뀌어 있었다. 2층에 빈 방이 남아 있어서 그나마 다행이었다.

창문 커튼을 걷고 거리를 내다봤다. 비는 더하지도 덜하지도 않게 꾸준히 흩뿌리고 있었다. 도시 계획이 개념 없이 진행된 것은 아니었던지 하늘을 가리는 빌딩은 들어서지 않았다. 드넓게 펼쳐진 잿빛 런던 하늘만큼은 내 몸이 기억하고 있었다. 다시 만난 낯익은 하늘에 짧은 안도의 한숨이 흘러나왔다.

가끔 인혜는 이곳에서 비 내리는 거리를 내려다보며 하염없이 서 있곤 했다. 그럴 때면 옆에서 말을 걸어도 듣지 못했다. 누군가 침묵의 봉인을 풀어주기 전에는 죽을 때까지 그러고 있을 것 같은 표정이었다. 그러다가 어느 순간 스르르 돌아서며 '나 배고파'라거나 '이튼 메스Eton Mess 영국 사립학교 이튼에서 매년 6월 4일 윈체스터 학교와 여는 크리켓 경기 후 먹는 데서 유래된 영국의 대표 디저트. 가 먹고 싶어'라거나 '브릭레인 마켓Brick Lane

Market 빈티지 마켓으로 특화돼 보는 재미가 있다. 에 갈래'라며 길고 낯설었던 침묵에서 빠져나와 일상의 대화 속으로 돌아왔다. 흘러내린 머리카락을 귀 뒤로 넘겨주며 '그래' 한 마디만 건네면 주사 맞기 싫어 울어대는 아이에게 사탕을 쥐어 줬을 때처럼 먹먹한 표정을 지우고 환하게 웃었다. 런던의 추억은 붉은 벽돌 아파트와 함께 허물어졌어도 그녀에 대한 기억은 어느 정도 윤곽을 유지하고 있다. 문득 궁금해졌다. 붉은 벽돌 아파트 창문에 서서 비 내리는 런던 거리를 내려다볼 때마다 인혜는 무슨 생각을 했을까. 나는 왜 한 번도 그에 대해서 묻지 않았을까. 그녀의 침묵을 노크하는 일이 두려웠을까.

인천 공항에서 비행기 탑승 전 전화를 했지만 인혜는 받지 않았다. 휴대폰을 끄기 직전에 도착한 문자 메시지는 짧은 두 문장, 아니 문장이 채 되지 못한 단어 세 개가 전부였다.

- 곧 갈게. 곧.

간절한 육성을 대신한 단어들을 여권과 함께 가방 깊숙이 밀어 넣고 휴대폰 전원을 끈 지 열세 시간 후 나는 지금 이곳 호텔 방에 와 있다.

히드로 공항에 내렸을 때는 그녀로부터 까마득히 멀어졌다는 물리적 거리감 때문에 잠시 현기증이 일었다. 생각해보니 3~4일 동안 열 시간도 자지 못했다. 벌겋게 충혈된 눈으로 생전 휴가 한 번 제대로 써 본 적 없던 내가 무려 한 달이라는 안식월 신청서를 내밀었을 때, 사인을 하는 편집장 시선은 줄곧 내 얼굴을 향해 있었다. 놀면서 쉬엄쉬엄 기사나 한두 개 만들어 오라는 예상된 당부를 잊지 않았고, 나는 준비한 대로 수긍도 부정도 아닌 애매한 어조의 대답을 면전에 내려놓고 무심히 돌아섰다. 불과 며칠 전 장면이건만 그새 아스라한 신기루가 됐다. 여행의 시간은 이상한 에너지에 의해 가속되거나 이상한 무게에 의해 지연되고는 한다.

따뜻한 실내 공기 탓인지 피곤함이 밀려왔다. 온몸 관절마다 한계 중량을 넘어서는 납덩이가 달려 한없이 아래로 꺼져 들어가는 느낌. 옷 속을 파고든 찬 습기만큼 몸무게가 늘어난 기분이었다. 짐을 풀 생각도 않고 침대 위로 쓰러졌다. 감각들이 긴장을 풀기 시작하자 시계 초침 소리만이 전부인 고요가 이불처럼 내 몸을 덮었다. 인혜가 창밖을 내려다보고 있던 10여 년 전 이 공간을 채우고 있었을 먼지 쌓인 정적이 투명한 날개를 퍼덕이며 찾아들었다. 천장에, 전등갓에, 창틀에, 문고리에, 엎어져 있는 유리컵에, 슬리퍼를 싸고 있는 반투명 비닐에, 그리고 잔뜩 여윈 트렁크 손잡이 위까지 곳곳에 내려앉은 정적들이 한목소리로 소곤거린다. 여기까지 왔군. 결국 여기까지 왔어.

나는 지금 그녀를 기다리며 런던 쇼디치의 붉은 벽돌 아파트, 가 있던 그 자리에 와 있다.

저녁이 다 되어 호텔을 다시 찾아온 데런은 카나비 스트리트 Carnaby Street 런던의 명동이라고 할 수 있는 소호의 패션과 젊음의 거리. 에 있는 한 식당을 예약해 놓았다고 했다.

"네 친절이 고맙긴 하지만 해고될까 봐 걱정되는군."

카나비로 가는 차 안에서 땅거미가 깔리기 시작한 런던 시내 풍경을 훑으며 데런에게 말했다.

"상관없어. 어차피 내 브랜드를 곧 론칭할 예정이거든."

3년 전 인터뷰 당시 그를 촬영하던 여자 사진가가 마이클 패스벤더Michael Fassbender를 닮았다고 호들갑 떨 때 나는 속으로 혀를 찼다. 당신을 촬영하고 있는 저 여자가 반한 것 같다고 말하자 데런은 귓속말로 속삭였다. 가련한 여자. 난 게이라고요. 저 얼굴이 게이라는 사실을 알았다면 사진가는 또 어떤 호들갑을 떨까 궁금했지만 나는 시치미를 떼는 것으로 그의 은밀한 비밀을 공유한 유일한 한국 친구가 됐다. 어스름한 조명이 만든 묘한 음영이 그의 옆얼굴에 전혀 다른 입체감을 부여해서일까. 내 눈에도 얼핏 마이클 패스벤더가 보였다.

좁고 구불구불한데도 런던 시내 도로는 예나 지금이나 크게 막히지는 않았다. 피카딜리 서커스Piccadilly Circus 소호에 위치한 유명한 원형 광장. 를 지나는데 블랙캡Black Cab 클래식한 디자인으로 런던을 상징하는 명물이 된 검은색 택시. 과 빨간색 이층버스와 사람이 끄는 마차와 다양한 모양새의 자전거들이 정신없이 오갔다. 무질서하게 보이지만 일정한 규칙이라도 정해 놓은 것처럼 서로 진로를 방해하지 않으면서 물 흐르듯 유연히 들어오고 빠져나갔다. 그 사이사이를 분주히 움직이는 사람들조차 모든 교통수단과 소통을 하는 것처럼 타이밍을 잘도 맞추며 움직였다. 예전에도 느꼈던 것이지만 이 도시에는 굳이 획일적인 신호 체계가 없어도 될 것 같다. 그들 사이에 오가는 무언의 교감에 편입돼 들어가고자 안간힘을 쓰듯 신호등은 저마다 부지런히 색을 갈아입었다.

그토록 무수히 걸어 다녔던 거리가 오늘따라 마법에 걸린 도시처럼 신비로웠다. 런던을 이루는 모든 것은 런던이기에 가능한 존재들이라는 생각이 들었다. 끔찍한 러시아워에 서울 강변북로에 갇힌 마세라티나 벤틀리를 보는 것처럼 어느 것 하나 튀거나 부자연스러워 보이는 것이 없다. 이런 얘기를 했을 때 후배 기자는 눈을 흘기며 문화적 사대주의라고 비웃었다.

잠깐 신호대기에 걸려 정차해 있는데 맞은편에서 한 무리의 인파가 피켓을 들고 이쪽을 향해 행진을 하고 있는 광경이 눈에 들어왔다. 피켓에는 동성 결혼 합법화를 촉구하는 문구들이 적혀 있었다. 차창을 5센티미터 정도 내리자 문이 열리길 기다리고 있던 소음이 앞다투어 몰려들었다.

"한심하군."

데런이 고개를 절레절레 저으며 얘기했다. 창틈을 비집고 들어온 소음이 이상한 환청이 되어 들린 줄 알았다.

"진심이야? 너도 저 무리 속에 있어야 하는 거 아닌가?"

"유진, 게이라고 다 동성 결혼을 찬성하는 건 아니라고."

어느새 인파는 차가 있는 곳을 지나 옥스퍼드 스트리트Oxford Street 피카딜리 서커스와 인접한 웨스트엔드의 번화가. 방향으로 이동하고 있었다. 그때 무리 끝에서 따라가던 누군가가 조수석 창문을 두드렸다. 데런이 창을 끝까지 내리자 드랙퀸 복장을 한 동양계 남자가 고개를 반쯤 들이밀고 인사를 했다. 차림새와는 전혀 안 어울리는 굵은 목소리였다. 영국식 억양에 많이 근접한 것으로 봐선 아예 정착해 사는 교포가 아닐까 싶었다. 데런은 마지못해 웃음을 띠며 짧은 인사를 나누었다. 드랙퀸 남자는 붉은색 쿠페가 보이기에 너인 줄 알았다고 말하고는 또 보자는 한 마디를 남기고 다시 시위대 안으로 사라졌다.

"붉은색 쿠페를 타는 남자가 런던 시내에 나 하나인가."

창문을 올리며 데런이 또다시 툴툴거렸다. 사이드미러로 멀어져가는 그들의 뒷모습을 좇았다. 그들 중에는 드랙퀸뿐 아니라 레즈비언으로 보이는 여성들도 적잖이 껴 있었다. 쌀쌀한 날씨에도 불구하고 속옷만 걸친 이들도 여럿이었다. 그 가운데 거의 반라 차림인 한 남자 등에 새겨진 문구가 눈에 들어왔다. 사이드미러로는 정확히 보이질 않아 좌석 등받이 너머로 고개를 잔뜩 빼고 봐야 했다.

'나는 부끄럽지 않다. 다만 두려울 뿐이다'

저들이 두려워하는 것이 무엇인지 데런에게 묻고 싶었다.

"왜, 감동이라도 받은 거야?"

심드렁하게 물어보는 그의 반응에 나는 말을 삼킨 채 얌전히 몸을 원위치시켰다. 적대적인 태도를 보이는 그를 이해할 수 없었지만 저 무리를 움직이는 힘의 정체를 온전히 파악할 수 없는 내가 데런을 이해하려 하는 것 자체가 어불성설이었다.

카나비 스트리트는 역시 최신 패션 스타일로 무장한 젊은이들로 북적거렸다. 근처 공영 주차장에 차를 댄 후 우리는 식당까지 걸었다. 발바닥에 와 닿는 울퉁불퉁한 돌바닥의 감촉과 붉은색 공중전화 부스들이 또 한 번 내가 런던에 와 있음을 상기시켰다.

인혜는 평일 한낮에 사람들이 없는 한적한 시내 길을 걷다가 돌바닥에서 전해지는 감촉이 좋다며 신발을 벗어 들고 걷기를 좋아했다.

- 서울에서 이러면 미친년이라고 하겠지?

장난기 섞어 속삭이던 그녀 음성과 온기 대신 템스 강의 물기를 안고 불어온 바람이 귓가를 간질인다. 왁자지껄한 분위기 때문인지 아니면 많은 상점들의 휘황한 불빛 탓인지 종일 멍하던 정신이 이제야 조금씩 깨어나는 기분이었다. 무거운 몸을 배신하고 정신이 먼저 가벼워지는 것이 여행 초반의 일반적 증상일까. 생각해 보니 제대로 된 여행을 해본 적 없는 나로선 체험이 밑바탕돼야 하는 이 질문에 답을 할 수가 없었다. 정신이라도 가벼워지면 그것으로 다행이랄 수밖에. 이 나이에 생애 처음 여행자의 신분이 된 내 딱한 신세를 자각하는 것보다는 무슨 수를 써서라도 이번 여행이 희망적일 수 있다는 심증을 찾아내는 쪽이 건설적이겠지.

레스토랑은 걸어서 5분 거리에 있었다. 데런이 이곳 단골이라도 되는지 안으로 들어서기가 무섭게 매니저가 다가와 가벼운 안부를 물으며 창가 쪽 자리로 안내했다. 알아서 음식을 주문한 후 나의 그녀는 언제 오냐고 데런이 물었다.

"곧."

"곧? 2일 내지 4일 뒤가 아니라 곧이라고?"

나는 할 말이 없어 고개만 끄덕였다. 그의 질문을 받고 보니 '곧'의 범위가 어디에서부터 어디까지인지 나도 궁금해졌다. 내가 말하는 '곧'은 열흘 정도인데 인혜가 말한 '곧'은 한 달을 의미할 수도 있는 일이다. 휴대폰 사전 앱을 검색해 보니 '때를 넘기지 아니하고 지체 없이'라는 설명이 처음 나온다. '곧'을 알고 싶어 찾아봤으나 다시금 '때'에서 가로막혔다. 깊이와 넓이를 알 수 없는 어휘들이 사전에는 넘쳐난다. 데런에게 묻고 싶었다. 네가 좀 가르쳐줄래? 가장 합당하고 이상적인 '곧'은 며칠이라고 간주해야 하는 것인지.

"하긴, 네겐 한 달이라는 휴가가 주어졌지. 넌 휴식이 좀 필요한 것 같아."

데런은 위로의 말이라고 건넸을 텐데, 한 달이라는 단어가 불현듯 막막하고 헛헛한 길이감으로 가슴을 훑고 지나갔다. 잡념을 삭이느라 이런저런 얘기를 나누는 사이 창밖으로 또 다른 시위대 한 무리가 지나갔다. 카나비 스트리트 안쪽 길까지 시위대가 행진하는 건 데런도 처음 본다고 했다. 오늘 아침 뉴스에 런던 튜브Tube 런던의 지하철. 노조 파업 소식이 전해졌는데 그와 관련한 시위가 아닐까 추측했다. 하지만 잠시 후 음식을 들고 온 매니저가 티베트 독립을 원하는 티베트인 시위대라고 알려주었다. 런던 시내 한복판에서 티베트 독립 시위라니.

"얼마 전 중국의 티베트 탄압 상황을 취재하러 갔던 영국 사진 기자가 강금, 폭행당하는 사건이 있었거든. 아마 그 때문에 며칠 간 계속 시위를 하는 모양이야."

중국으로부터 독립하기 위한 티베트의 힘겨운 투쟁과 굴곡진 역사를 대략 알고는 있었지만 런던 도심의 고급 레스토랑에서 식사를 하다가 만난 시위대 모습은 전혀 다른 세상 속 풍경처럼 이질적으로 부유하고 있었다.

"낭만적이어야 할 네 여행이 첫날부터 좀 우스꽝스러운데."

낭만이라는 단어도 사전으로 찾아봐야 할까. 의식하지 못하는 사이 내 일상과는 무관해진, 그래서 그 뜻조차 희미해진 단어들이 늘어나고 있다. 물을 마시다가 고개를 돌렸을 때 시위대 후미에서 작은 티베트 국기를 손에 들고 걸어가던 허름한 차림의 한 여자와 눈이 마주쳤다. 우스꽝스럽다던 어휘가 갑자기 목에 턱 걸리는가 싶더니 그만 사레들고 말았다. 심하게 기침을 해대느라 눈물이 핑 돌았다. 그런 나를 데런이 딱한 표정으로 쳐다봤지만 내 눈물의 의미를 전혀 다르게 해석하고 있을 게 뻔했다. 냅킨으로 입과 눈가를 닦고 보니 어느새 시위대는 저만치 멀어져 가고 있었다.

런던에 거주하는 티베트인이 얼마나 되는지는 몰랐지만 시위대는 얼추 50여 명 정도 돼보였다. 그들은 자신들보다 훨씬 많은 인파들 사이를 힘겹게 뚫으며 천천히 나아갔다. 어림잡아 100여 명은 훌쩍 넘었던 동성애자 시위대와도 비교되는 초라한 규모였다. 사건 피해자는 영국 기자였지만 시위대 중에 영국 사람으로 보이는 이는 한 사람도 없었다.

"저 사람들 심정이 상상이 안 돼."

"직접 물어봐."

농담이겠지 싶어 쳐다보는데 데런은 아무렇지도 않게 연어 스테이크를 먹고 있었다. 내가 멀뚱히 쳐다보자 그는 스파클링 워터를 한 모금 마시고는 진지하게 대답했다.

"그럴 기회가 올 수도 있다는 얘기야."

내가 계속 빤히 쳐다보자 그는 열심히 연어나 썰라는 제스처를 취해 보였다. 시위대가 지나간 거리는 언제 그런 일이 있었냐는 듯 감쪽같이 장면 전환되어 화려한 런더너의 거리로 탈바꿈했다. 자유분방하게 차려입은 채 웃고 떠들며 지나가는 젊은이들의 모습을 보고 있자니 이곳까지 따라온 숨 막히는 공기가 천천히 희석되는 기분이었다. 그들 대부분은 딱 10년 전 인혜와 내 나이 또래였다. 이곳에서의 모든 추억은 어떤 경로를 거치든 뫼비우스의 띠처럼 인혜라는 메타포로 귀결된다. 내가 붙잡고 있는 끝이 결국 처음이라는 생각은 다행과 불행 사이에서 나를 멀미나게 진동시켰다. 메스꺼워지려는 속을 누르느라 열심히 연어 스테이크를 썰고 자주 창밖을 내다봤다. 거리에는 어느덧 밤이 찾아왔고 비가 그친 런던의 밤은 낮보다 따뜻해 보였다.

데런을 먼저 보내고 바람도 쐴 겸 잠시 걷다가 작은 향수 가게가 눈에 띄어 안으로 들어가 봤다. 식당에서 일어서기 전 데런은 향수 브랜드 론칭 얘기가 농담이 아니라면서 제법 구체적인 계획을 털어놨다. 런던을 대표하는 향수를 만드는 게 꿈이라는 말은 인터뷰 때도 했었다. 하지만 새로운 향 하나 만들어내는 데도 수많은 보스들 눈치를 봐야 하는 지금의 위치에서는 아무것도 할 수 없다는 게 그의 판단이었다. 패션과 뷰티, 문화에 두루두루 지식과 정보가 많은 기자의 조언을 듣고 싶다고도 했다. 어차피 보도 자료에 나와 있는 향수 원료 이름 몇 개 아는 것이 전부라고 하자 그는 말했다.

"유진, 내가 너에게 커밍아웃한 이유는 내 향수에 들어간 페티그레인Petitgrain 향이 파라과이 페티그레인이란 걸 맞힌 유일한 기자였기 때문이라고."

향수에 쓰이는 페티그레인은 대부분 비거레이드Bigarade 페티그레인 아니면 파라과이 페티그레인 둘 중 하나다. 파라과이 페티그레인은 인혜가 가장 좋아하는 향이었다. 여러 가지 에센셜 오일 조합으로 톱 노트와 미들 노트, 베이스 노트에 따라 시간차를 두고 다양한 층의 향을 자아내도 인혜는 페티그레인 향을 귀신같이 알아냈다.

- 파라과이 페티그레인이 달콤함은 덜하면서 거친 향이 강해서 좋아.

그래봤자 비슷비슷한 플로럴 향수 아니냐고 묻는 내게 웃으며 눈을 흘기던 인혜 모습이 선하다. 향수를 선물할 때가 가장 행복해서 가끔씩 그녀 몰래 향수를 조금씩 따라 버린 적도 여러 번이다. 덕분에 향수를 살 때마다 레시피에 페티그레인이 포함됐는지 확인하는 버릇이 생겼다.

"너에겐 지금 불안을 떨쳐낼 무언가가 필요해."

데런이 작은 미션을 준 이유는 줄곧 나를 따라다니는 불안을 걱정해서였다. 가끔 게이들에게서는 이해할 수 없을 만큼 집요하고도 날카로운 직감의 촉수가 뻗어 나올 때가 있다. 섬세한 촉수들이 일거수일투족을 레이더처럼 '스캔' 할 때면 엊저녁 신 내린 박수무당 앞에 꿇어앉은 기분이 되곤 한다. 그래서 여자 기자들 경우에는 잡지 바닥에선 흔한 게이 스타일리스트나 게이 디자이너에게 복채 대신 루왁 커피 한 잔 먹여가며 언제 남자 친구가 생길지, 혹은 남자 친구와 언제 헤어지면 좋을지, 아니면 그 자식이 바람피우고 있는 것이 맞는지 등을 상담하기도 한다. 이런 남다른 능력은 한국 게이

나 영국 게이나 매한가지인 모양이었다. 불쑥 아까 시위대 속 남자 등에서 봤던 글귀가 떠올랐다.

'난 부끄럽지 않다. 다만 두려울 뿐이다.'

소리 내지 않고 그 문구를 읊어 본다. 난 부끄럽지 않다. 다만 두려울 뿐이다. 난 부끄럽지 않다. 다만 두려울 뿐이다……. 점원이 다가오는 인기척에 황급히 표정을 수습했다. 진열돼 있는 제품들을 살펴보는 내게 높은 톤으로 인사를 함과 동시에 남자 향수 하나를 시향지에 뿌려 건넸다. 강하게 퍼지는 머스크 향이 역하게 콧속을 자극했다. 내가 인상을 쓴 채 코를 틀어막으며 손을 휘휘 젓자 점원은 당황했다. 행동이 과했던 것 같아 얼른 표정을 누잣히고는 파라과이 페티그레인 향이 들어간 여자 향수를 찾는다고 말했다. 점원은 알겠다는 표정으로 얼른 두 개의 오 드 투알렛과 오 드 퍼퓸 하나를 내밀었다. 나는 향이 보다 은은한 아닉구딸의 오 드 투알렛을 선택했다. 선물할 거냐고 묻기에 그렇다고 했더니 향수병의 골드 컬러에 맞춰 금색 리본을 묶어주었다. 남자에게 향수를 처음 권할 때는 보디워시를 떠올리게 하는 머스크 향보다는 우디 향을 추천하는 게 제품을 팔 확률이 더 높을 거라고 점원에게 한 마디 건넨 후 가게를 나왔다.

다시 거리로 나와 작은 쇼핑백을 한 손에 들고 이곳저곳을 걸었다. 은은하게 붉을 밝힌 펍Pub들은 테라스 자리까지 손님들로 꽉 차 있었다. 혹시 펍에 가면 자리가 있어도 앉지 말고 서서 맥주를 마셔.

그래야 진짜 런더너 같아 보이거든. 차에 타기 전 데런이 한 말이 떠올랐다. 3년이나 이곳에 머물렀던 나를 초짜 여행객 취급하는 것도 모두 내 탓이리라. 아무리 애써도 런더너가 아니라는 표식이 곳곳에서 드러날 수밖에 없는 동양인이 굳이 런더너 같아 보이기 위해 불편함을 감수하는 것이 현명한 여행자의 태도인지는 모르겠다. 현지의 문화를 제대로 즐기라는 의미로 한 말인 줄 알지만 인혜와 3년을 지내는 동안에도 전혀 와본 적 없는 곳이라 앉아 마시든 서서 마시든 불편한 공간이 될 게 분명했다. 가끔씩 공황장애 증상을 보이던 그녀는 백화점이나 펍 같은 곳에 가는 걸 힘들어했다. 그 유명한 노팅힐Notting Hill 도 평일 한낮 인적이 뜸할 때만 몇 번 가곤 했을 뿐 노팅힐 카니발Notting Hill Carnival 노팅힐에서 매년 8월 마지막 주말에 열리는 거리 축제. 이나 포토벨로 마켓Portobello Market 노팅힐을 대표하는 앤티크 마켓. 같은 곳은 가볼 엄두도 내지 못했다. 이런 번화한 밤거리를 같이 걸어본 기억은 또 얼마였던가.

- 정말 쓸쓸해 보이는 아파트를 발견했어. 한적하고 소박한 브릭레인 마켓이 있어서 장 보러 다니기에도 편할 거야.

런던에 먼저 도착했던 그녀가 쇼디치의 붉은 벽돌 아파트를 처음 발견했을 때 보내왔던 문자메시지에는 자신을 안락하게 해주는 쓸쓸함과 외로움에 대한 그녀만의 동경이 담겨 있었다.

- 공황장애가 있는 사람들은 다 외로운 걸 좋아해?

내가 물었을 때 인혜는 엄마처럼 웃으며 말했다.

- 네가 있을 때 느껴지는 외로움만. 네가 없을 때 찾아오는 외로움은 끔찍해.

그 얘기를 들은 이후 더욱 필사적으로 그녀 곁을 떠나지 않았다. 마트에 혼자 생필품을 사러 갈 때나 화장실을 갈 때 빼고는 늘 함께였다. 오래된 아파트라 욕실이 어둡고 낡은 탓에 해가 진 뒤에는 혼자 샤워하는 것도 무서워했다. 그래서 나는 인혜가 욕실에 들어가기를 기다려 함께 씻거나 수건을 든 채 변기 뚜껑에 앉아 그녀가 샤워하는 모습을 지켜봤다. 어쩔 때는 샤워를 하다 말고 물을 뚝뚝 흘리며 욕조에서 걸어 나와 이미 다 씻은 내 옷을 다시 벗기기도 했다.

습관은 무섭다. 그렇게 몸에 밴 기억 때문에 서울로 돌아간 후 한동안은 혼자 욕실에 들어가는 것이 내키지 않아 씻는 둥 마는 둥 대충 샤워를 하고 나오는 적이 많았다. 붉은 벽돌 아파트의 허름하고 음습했던 욕실보다 훨씬 깨끗하고 따뜻했건만.

유학 생활을 마치고 런던을 떠나던 날, 비행기를 타기 직전 인혜는 내게 부탁했다. 지난 3년처럼 앞으로도 자신의 외로움을 지켜 달라고. 나는 그러겠다고 약속했고 성실하고 서글프게 약속을 지켰다. 그녀가 결혼을 해서 두 아이 엄마가 된 지금까지.

혹시 그 약속 때문에 자신 곁에 머무는 거라면 그러지 않아도 된다고 인혜가 얘기했을 때 나는 조용히 그녀를 끌어안았다. 인혜는 그것이 대답 대신인 줄 알았겠지만 실은 내 입에서 어떤 얘기가 튀어나올지 알 수 없었기 때문이다. 그녀의 향기로운 머리로 내 입을 틀어막고 있어야 했던 순간, 인혜는 행복했고 안도했을 것이다. 인혜 곁에 머무르는 것이 사랑 때문인지 약속 때문인지 스스로도 헷갈리기 시작한 게 그때쯤부터였던 것 같다. 사랑과 약속의 중간 어디쯤엔가 위치하고 있었던가. 그런 불투명한 마음에도 열 개의 나이테가 더해졌다. 나는 나이 들었고, 끝까지 약속을 지켜야 한다는 신심信心도 시나브로 늙고 있었다.

서울은 깊은 새벽일 텐데 잠은 잘 자고 있을까. 여행 준비는 하고 있을까. 오긴 오는 것일까. 인혜는 이번 런던 여행이 마지막이라고 얘기하지 않았다. 마지막이라고 단정 지은 것은 내 판단이었다. 그녀의 표정과 눈빛이 그렇게 말하고 있었다. 남편이 눈치를 챈 것 같다는 문자가 심증을 확증으로 바꿨다.

생각에 빠져 걷다 보니 옥스퍼드Oxford 역이 나왔다. 튜브를 타고 리버풀Liverpool 역이나 쇼디치 하이 스트리트Shoreditch High Street 역에서 내릴 작정으로 계단을 걸어 내려갔다. 런던의 전철 역사는 좁고 음습하지만 이상한 아늑함을 준다. 인혜 때문에 웬만한 거리는 걸어 다니거나 사람이 적은 버스를 이용하는 경우가 많았기 때문에 오랜만에 한번 타보고 싶기도 했다. 역사 안은 한산했다. 한창 퇴근 시간인 걸 감안하면 의외였다. 혹시 몰라 벽에 붙어 있는 튜브 맵을 다시 확인했다. 미로처럼 얽혀 있는 런던 지하철 안내도를 고개를 뺀 채 들여다보고 있는데 역무원으로 보이는 이가 다가와 관광객이냐고 물었다. 그렇다고 했더니 튜브 노조의 파업 때문에 지하철이 많이 늦어지고 있다는 말을 전했다. 퇴근 시간치고는 인적이 뜸했던 이유가 그 때문이었다. 데런에게서 튜브 노조 파업 얘기를 들었던 걸 깜빡했다. 기다릴까 말까 하다가 공항에서 오이스터 카드Oyster Card 튜브나 버스 등을 이용할 수 있는 충전식 교통카드로 현금보다 저렴하다.도 구입하지 않았다는 사실이 떠올랐다.

다시 지상으로 올라가니 그새 빗방울이 떨어지고 있었다. 잠시 방향 감각을 잃고 멈춰 서 있었다. 런던에 온 지 며칠이 됐던가. 아, 난 오늘 도착했지. 다시금 실존의 시간과 여행의 시간이 뒤엉키기 시작한다. 따로 노는 두 개의 시간이 나를 이리 끌어당겼다가 저리 끌어당겼다가 한다. 이 어지러움에서 벗어날 수 있는 방법은 수면의 시간으로 도망치는 방법뿐일 듯싶다. 지난 며칠간 이어진 불면의 밤은 다행히 내 육신에 적당한 피로감을 불어넣고 있었다. 얼른 호텔로 돌아가자. 정신을 가다듬고 호텔이 있는 쇼디치를 향해 걷기 시작했다. 마지막 약속을 지키기 위한 우리의 붉은 벽돌 아파트를 향해.

하염없는 밤비는 돌덩이가 된 심장을 어루만지는 색색의 불빛들 사이로 영원히 멈추지 않을 것처럼 내리고 있었다. 익숙하지 않은 환경에 다시 적응하는 잠깐 동안이라도 몸은 두려움을 잊을 것이다. 그래야 한다.

리치몬드의 기억

꼬박 하루가 지나도록 인혜에게서는 연락이 없었다. 내가 먼저 전화하지 않기로 했던 원칙을 지금까지 한 번도 어긴 적이 없다. 런던이라고 해서 그 룰을 깨진 않을 것이다. 이미 익숙해진 기다림이다. 한 달 만에 연락이 된 적도 있었다. 그러니 그녀가 말한 '곧'은 우리가 상상하는 것보다 훨씬 긴 시간이 될 수도 있을 것이다. '곧'이 정확히 얼마 후인지 인혜 자신조차 알 수 없는 상황일지도.

비는 그쳤지만 하늘은 잔뜩 흐려 있다. 홀로 찾은 런던은 처음 와본 곳처럼 아직 비현실적이다. 서울로 돌아간 이후 인혜와 함께 보내던 불안한 시간들을 빼고 내가 집중할 수 있는 것은 일이 전부였다. 마감하느라 밤샘 야근을 할 때가 마음은 덜 지쳤다. 속 모르는 편집장은 늘 비슷한 말을 했다. '넌 어쩜 철야를 하면서도 그렇게 에너제틱하니? 체질인가 봐.' 그런 마감 에너지가 가끔 엉뚱한 방향으로 폭발할 때도 있었다. 대지를 보다 말고 며칠째 잠자고 있는 휴대폰을 내던져 박살을 내버리거나 '이번 주는 못 볼 것 같아'라는 인혜 문자에 후배 기자의 원고를 얼굴에 집어던지곤 할 때마다 편집부 사람들은 자연스러운 마감 히스테리로 봐 넘겼다. 위태로운 내 일상을 적절히 묻어갈 수 있는 직업을 택한 것에 다행스러운 마음이 들 때도 있었지만 모처럼 만날 수 있는 기회가 마감으로 인해 무산되기라도 하면 당장 건물 옥상으로 올라가 뛰어내리고픈 충동을 억누르느라 화장실 문을 닫아걸고 악을 썼다. 점점 인력으로 다스리기가 버거워지는 내 감정이 무서워 신경안정제를 처방받던 날, 집 변기에 앉아 똥을 누다가 눈물을 쏟았다. 시원한 배설의 카타르시스가 눈물샘을 함께 건드린 모양이었다.

마감을 끝낸 후 인혜와 함께 모텔에 든 날이면 침대에서 그녀 무릎을 베고 누워 깊은 잠에 빠지곤 했다. 그 달콤한 수면의 기억들이 쌓이고 쌓여 혼자 잠드는 게 어색해질 때쯤 인혜로부터 연락이 뜸해지기 시작했다. 휴대폰을 자꾸 들여다보는 자신과 싸우기 위해 내 마감 에너지는 더 예민해지고 신경안정제는 빠르게 동이 났다. 그렇게 버틴 시간이 10년. 세월과 함께 우리 불륜도 나이 들어갔다. 결혼이라는 걸쇠가 없는 관계가 느슨해지는 것도 당연히 여겼다. 일주일 만이든 열흘 만이든 그녀로부터 연락이 아직 끊어지지 않고 있음을 확인하는 날은 깊은 잠을 잘 수 있었다.

어제 식당에서 데런은 조심스럽게 물었다.

"한국으로 돌아가서 왜 그녀와 결혼하지 않았지? 그렇게 사랑하면서."

그러게. 우리는 왜 결혼을 하지 못했을까. 런던을 떠나던 순간까지 우리는 누구도 결혼에 대해 언급하지 않았다. 어느 순간 인혜에게 완벽한 조건을 가진 남자가 생겼고, 얼마 지나지 않아 호화스러운 호텔 예식장 한구석에서 보이지 않는 점이 되어 웨딩드레스를 입은 인혜의 뒷모습을 지켜봤다. 그리고 곧 그녀에게서는 새 생명이 잇따라 태어났다. 몇 년에 걸쳐 그 일들이 일어나는 동안 내가 '왜'라는 질문을 한 번도 던지지 않았음을 두 번째 만난 게이 친구가 일깨워주었다. 나는 왜 한 번도 '왜'라고 그녀에게도 나에게도 묻지 않았을까. 그녀는 왜 내가 아닌 다른 남자와 결혼했을까. '왜'라는 질문이 자신을 향할 때면 고통스럽거나 또는 치욕스러워진다.

"그녀가 오면 물어볼까 해. 이번엔."

데런은 좋은 생각이라며 거들었다. 흘러가 버린 세월을 향한 쓰고 독한 질문의 해답을 이제 와서 그녀가 말해줄지는 알 수 없다. 그녀 안에 답이 존재하고 있기나 할지.

호텔 창가에 서 있다가 문득 궁금해졌다. 그때 그 시절 이곳에서 인혜의 시야를 채워 왔던 쇼디치 풍경은 지금과 많이 달랐을까. 이 자리는 항상 그녀 차지였기 때문에 나는 제대로 창을 통해 바깥세상을 내다본 적이 없었다.

한결같이 내리는 비와 희뿌연 하늘을 한동안 바라보고 있는데 휴대폰이 울렸다. 반사적으로 휴대폰이 놓여 있는 테이블로 뛰어갔다. 데런이었다. 인혜에게 연락이 오지 않았음을 확인한 그는 오늘 저녁에도 시간을 비워 두라고 말했다. 기다림에 익숙해졌다는 건 이렇게 새빨간 거짓말이다. 테이블 위에 포장된 채 덩그러니 놓여 있는 향수. 제대로 풀지도 않은 채 바닥에 우두커니 서 있는 트렁크. 기다림의 짐을 나눠 가진 존재가 둘로 늘어났다고 생각하니 우울함이 조금 반감된다. 데런으로부터 런던에서 꼭 프랑스 향수를 사야 했느냐고 핀잔을 듣긴 했지만 아닉구딸은 런던에서 패션모델로 활동했던 여성이기도 하니 런던과 인연이 전혀 없는 건 아니라고 얼버무렸다.

아닉은 딸을 위해 쁘띠드 쉐리Petite Cherie라는 향수를 만들어 선물하면서 이렇게 말했다. 사랑을 담은 키스를 부르는 너의 핑크빛 뺨을 연상시키는 향수라고. 페티그레인 향수를 선물하면서 나는 인혜에게 그럴싸한 멘트를 곁들여 보질 못했다. 잠들어 있는 그녀 머리맡에 조용히 놓아두거나 식사를 하다 말고 말없이 향수병을 쓱 내미는 것이 다였다. 이번만큼은 마지막 여행에 어울리는 특별한 메시지를 전해야 할 것 같은데, 아닉과 같은 달달한 멘트가 떠오르질 않는다. 키스를 부르는 너의 핑크빛 뺨을 연상시키는 향수라고 똑같이 흉내를 내도 그녀가 눈치채지는 못할 것 같다. 하지만 이 지극히 프랑스적인 표현이 그녀 마음을 감동시킬지, 피식 웃음만 터뜨리게 만들지 판단이 안 선다. 그리고 인혜의 뺨은 핑크빛이 아니라

투명해 보이는 살색이다.

혼자 켜져 있던 TV 아침 뉴스는 어제 있었던 동성 결혼 합법화 시위와 티베트 사태 관련 시위, 그리고 런던 튜브 노조 파업 소식을 순서대로 전하고 있었다. 오늘은 동성 결혼 합법화 추진에 반대하는 이들의 시위도 있을 예정이라고 알려주었다. 사람 사는 곳이면 어디든 끊이지 않는 삶의 아우성. 저 뉴스 속에 비친 어수선한 장면들 덕분에 이곳도 별반 다르지 않은 세상이라는 동질감이 잠깐 느껴졌다.

하루에도 날씨가 열 번은 변한다는 런던이건만 오늘도 태양을 쉽게 보여줄 수 없다는 듯 묵직한 구름이 한가득이다. 짙은 먹구름 뒤에 숨은 태양은 거짓말처럼 존재감이 없다. 눈에 보이지 않는 것은 눈앞에 나타날 때까지 존재하지 않는 것이다. 지금 인혜는 존재하지 않는 존재다.

◇◇◇◇◇◇◇◇◇◇◇◇◇◇◇◇

데런이 나를 이끌고 간 곳은 큰 규모를 자랑하는 부다바Buddha Bar였다. 입구에 들어서자마자 홀 안쪽 맞은편 벽면을 거의 다 차지한 채 앉아 있는 거대한 불상이 보였다. 데런이 잠깐 두리번거리고 있을 때 마침 한 동양 남자가 다가와 반겼다.

"안 올 거라고 하더니?"

데런에게 아는 척을 한 그가 내게도 악수를 청했다.

"또 보네요."

악수를 하면서 그의 얼굴을 살폈지만 이전에 만난 사이는 아니었다. 내가 어정쩡한 표정을 짓고 있자 데런이 끼어들었다.

"우리 차 타고 갈 때 머리 들이밀었던 그 드랙퀸."

가발과 화장을 지우고 멀쩡한 차림을 하고 있는 그가 어제 그 드랙퀸이었다니 믿기지 않았다.

"난 췐. 당신이 한국에서 온 그 기자?"

데런에게 대충 얘기를 건네 들은 모양이었다. 캐주얼한 재킷을 걸치고 있는 췐의 외모는 반듯하고 이지적이었다. 드랙퀸은 오히려 마초적인 게이들이 했을 때 어울린다. 솔직히 어제 그는 다소 우스꽝스러웠다. 여자보다는 남자일 때 더 멋져 보인다고 했더니 '당연하죠, 남자니까'라며 서글서글한 미소를 지어 보였다.

그가 안내한 자리에 앉고 나서야 오늘 이 자리가 티베트 망명정부를 지원하기 위한 자선 모금 파티이자 감금당한 영국 사진기자의 사진 전시회라는 걸 알게 됐다. 한쪽에서는 석방을 촉구하기 위한 서명도 진행 중이었다.

"이런 행사를 하기엔 지나치게 핫한 곳이 아닌가?"

데런이 주변을 둘러보며 물었다.

"그럼 절에서 달라이라마 사진 걸어놓고 향이라도 피우면서 해야 하나? 그런 행사에 누가 오지?"

첸이 거침없이 대답하자 데런은 손사래를 쳤다. 다투는 것처럼 보이지만 첸은 천진한 눈웃음을 잃지 않고 있었다. 동양인치고 눈매에 굴곡이 깊어 이국적이고도 그윽한 음영을 만들어내고 있었다. 한국인이나 일본인에게서는 찾아볼 수 없는 느낌이었다.

첸이 음료를 가지러 간 사이 데런은 따분한 자리에 끌고 와서 미안하다고 전했다. 덧붙여 동성 결혼 합법화 투쟁과 티베트 독립 시위를 이끄는 런던 최고의 전사라는 말로 짤막하게 첸을 소개했다.

다시 주변을 돌아보니 혼자서는 오기 싫은 분위기라던 데런의 말에 수긍이 갔다. 나는 의자에서 일어나 사진들이 전시돼 있는 쪽으로 다가갔다. 주로 티베트 현지에서 벌어지는 시위 진압 현장을 찍은 사진들이었다. 다친 시위대를 폭행하는 중국 무장 군경들, 사망한 것으로 보이는 한 남자를 끌고 다급하게 피하는 시위대, 자욱한 연기 속에서 입을 틀어막은 채 도망가는 티베트 사람들 뒤로 줄지어 도열해 있는 탱크들의 서슬 퍼런 모습까지. 카메라 앵글에 잡힌 티베트의 안타까운 현재는 사각 프레임에 담긴 채 가지런히 걸려 있었다. 소리와 입체감이 거세된 사진임에도 불구하고 현장 느낌은 날것처럼 전해졌다.

"우리가 독립할 수 있을 거 같아?"

사진 속 전혀 다른 세상에 빠져 있는데 어느새 첸이 옆에 와 있었다. 그의 시선은 분신을 시도한 승려 사진에 가 있었다.

"미안하지만 난 티베트 역사를 잘 알지 못해. 중국으로부터 독립하기 위해 힘겨운 노력을 하고 있다는 것밖엔."

첸은 조금 전과는 다른 진지한 표정으로 팔짱을 낀 채 사진들을 바라봤다.

"중국 입장에선 군사적 가치와 경제적 실리만으로도 티베트를 포기할 수 없는 이유가 명백하지. 심지어 티베트를 중국에서 독립시키려거든 영국은 북아일랜드를, 미국은 텍사스를 독립시키라는 말까지 하고 있으니까. 텍사스가 멕시코에서 독립한 후 텍사스 공화국으로 있다가 주민 투표로 연방에 편입된 건 알지?"

모르는 사실이었다. 내일 이별이 닥쳐올까 노심초사하며 하루하루를 연명하는 가련한 중생에게 텍사스는 티베트만큼이나 멀고 무관한 도시였다. 텍사스는 처음부터 미국 영토가 아니었던가. 데런과 함께 패션과 향수에 대해서나 떠들어대던 대화가 꿈 속 일이었던 것처럼 아득해진다. 드랙퀸 복장을 한 채 장난스럽게 거리를 활보하던 어제 첸의 모습도 꿈결처럼 다가오긴 마찬가지였다.

"독립은 불가능하다는 게 나의 생각이야."

"그런데 왜 이런 일들을 하지?"

내 질문에 첸은 다시 예의 미소 띤 얼굴로 돌아왔다.

"당신은 왜 지금 런던에 왔지? 당신을 이끄는 어떤 에너지가 있잖아. 끌려갈 수밖에 없고 끌려가야 하는. 어쨌든 독립이 유일한 대안은 아니라는 게 지배적인 생각들이야."

그의 얘기는 모호하지만 의미심장하게 들렸다. 내가 런던에 다시 오게 된 사연을 데런이 모두 전한 것일까. 저런 사진들을 앞에 놓고 한낱 사랑놀음에 관한 이야기를 꺼내기는 싫었다. 무거운 얘기 그만하고 자리로 돌아가 모히토나 마시자는 얘기에 다시 데런에게로 갔다. 그는 내가 사진을 보고 있는 사이 모금함에 성금을 넣고 왔다고 했다. 첸은 데런 옆에 앉아 그를 물끄러미 바라봤다.

"데런, 내 사랑은 언제 받아줄 거야?"

"오, 첸. 제발."

첸의 표정은 진지했고 말투는 정중했다. 그에 반해 데런은 날카롭게 반응했다.

"내가 널 좋아한다는 얘긴 안 했나 보군."

어쩔 수 없이 어색해진 내 표정을 살피며 첸이 덧붙였다.

"내가 동성 결혼 합법화를 위해 투쟁하고 있는 이유가 너 때문인데……."

"너희들 그 잘난 시위는 차이기 싫은 못난 게이들을 위해 구제책을 마련해 달라는 소리로밖에 안 들려."

첸이 물끄러미 데런을 응시했다. 말보다 더 무수한 언어를 담은 눈빛이었다. 같은 게이 입장이 아니니 섣불리 대화에 끼어들기도 저어됐다. 성 정체성이든 정치관이든 타인 앞에서 스스럼없이 표현할 수 있는 이런 문화는 사람을 부럽게도 하고 불편하게도 했다.

"사랑은 책임이야, 데런."

흥분으로 목소리가 다소 높아진 데런과 달리 첸은 시종일관 차분함을 잃지 않았다. 한 번도 가보지 못한 티베트라는 나라를 떠올릴 때의 막연한 이미지, 고요하고 적막한 그 무엇이 첸을 통해 형상화되고 있는 것 같았다.

"그런 따분한 얘기는 그만. 그래서 영국 의회를 향해 우리 사랑을 책임져 달라고 난리 치는 건가? 날 책임질 수 있는 건 오직 나 자신뿐이야."

"그래, 넌 항상 그런 식이야. 책임지기 싫어서 늘 진실을 거부하지."

"대체 너희들이 말하는 책임과 진실이 뭔지 난 모르겠어. 동성결혼이 합법화되면 이 세상 게이와 레즈비언이 훨씬 행복해질 거 같은가? 천만에!"

데런의 언성이 더 높아지자 첸은 무슨 말인가를 하려다가 이내 입을 다물었다. 저 입속에 고여 있는 말은 무엇일까. 궁금했다. 왠지 두 사람의 관계와 영국 동성애자들의 미래를 점쳐 볼 결정적인 단서가 머물러 있을 것 같은데.

나는 인혜와 한 번도 싸우지 않았다. 사소한 다툼조차 없었다. 결혼이라는 식상한 주제를 놓고 저렇게 격렬히 맞서야 하는 건 게이라는 이유 때문일까. 인혜와 나에게는 왜 뜨거운 언쟁의 테마가 되지 못했을까. 또다시 나를 향한 '왜'가 튀어나왔다. 그 질문 뒤에 잊고 있던 인혜의 한 마디가 수면 위로 불쑥 올라왔다.

- 결혼은 꼭 해야 하는 걸까? 반평생을 한 사람과 사랑하면서 산다는 게 불가능하다는 건 바보 아니면 모르지 않을 텐데. 다정히 팔짱 낀 채 50년이 될지 60년이 될지 모를 긴 불행 속으로 웃으며 걸어 들어가는 꼴이잖아.

그런 얘기를 했었다. 인혜가. 내 기억이 문장을 정확히 재현한 것인지 확실치는 않지만 문맥은 그러했을 것이다. 그렇다면 인혜는 지금까지 혼자여야 앞뒤가 맞는데. 데런과 첸의 대화는 과거라는 바다에서 쓴맛만 더하는 기억 한 마리를 낚아 올렸다. 골 여기저기에 뇌가 부딪히는 느낌. 머리가 심하게 지끈거려 왔다. 잔 가득 놓여 있는 모히토를 숨도 쉬지 않고 들이부었다. 시린 냉기가 목을 타고 뒷골까지 저릿하게 타고 올라왔다. 계속해서 이어지는 데런의 목소리가 새벽녘 잠결을 파고드는 자동차 경적처럼 신경을 긁었다.

"티베트 독립을 바라는 신성한 공간에서 할 얘기들은 아닌 것 같은데!"

바닥까지 비운 모히토 잔을 거칠게 내려놓으며 큰소리를 내자 두 사람 모두 동작을 멈추고 내 쪽을 쳐다봤다. 유리 테이블에 잔 부딪히는 소리가 생각보다 요란하게 나는 통에 나도 속으로 흠칫 놀랐다.

"미안해, 유진. 네가 짜증 낼 만해."

얼굴이 불쾌해진 데런이 자리에서 벌떡 일어서며 말했다. 첸은 일어서는 데런을 쳐다보지도 않고 고개를 숙인 채 침묵했다. 나에게 '쏘리' 한 마디를 남기고는 데런이 바를 나가자 그제야 첸도 깊은 탄식을 내뱉으며 두 손으로 얼굴을 감쌌다.

"괜찮아, 첸?"

양 손바닥을 펼쳐 보이며 멋쩍게 웃는 그의 얼굴에 그늘이 져 있었다.

"내가 너에게 해야 할 질문인 거 같은데?"

딴 생각 때문에 잠시 예민해졌던 것이니 신경 쓰지 말라고 했다. 나가서 데런을 붙잡으라고 눈치를 주었지만 그는 쓸데없는 짓이라며 허탈하게 웃었다.

"그래도 그가 화를 내고 있는 순간만큼은 내게 집중해주잖아. 그것만으로도 싸울 가치는 있어."

심각해진 분위기에도 첸은 애써 미소를 보이며 미안하다고 전했다. 이미 데런에게 사과를 받았으니 충분하다고 했다.

"시간 날 때 놀러와. 시간 때우기에 나쁘진 않을 거야."

그는 명함을 내밀었다. 갤러리 알Gallary R. 그는 소호SoHo 피카딜리 서커스 근방 트렌디한 번화가로 게이 빌리지로도 유명하다.에 있는 사진 전문 갤러리에서 시간제 큐레이터로 일하고 있었다. 그즈음 한쪽에 마련된 무대에서는 본격적인 행사 시작을 알리는 마이크 소리가 들려왔다. 명함을 주머니에 넣고는 서둘러 모금함에 30파운드를 집어넣고 바를 나왔다. 뜻하지 않게 런던이라는 도시에서 티베트 독립을 위해 돈을 냈다. 어제 산 인혜의 향수 가격보다 훨씬 적은 돈이었다.

데런에게서는 연락이 없었다. 인혜 역시 연락이 없다. 데런에게 먼저 전화를 걸었다. 그는 어제 그렇게 가버린 데 대한 미안한 마음을 다시 전하면서 첸에게 개인적인 감정은 없다는 말을 덧붙였다. 사실 데런에게 부탁하고 싶은 게 있어 전화한 것이었지만 차마 말을 꺼내지 못했다.

인혜는 만약 런던에서 노후를 보내게 된다면 꼭 남은 생을 보내고 싶은 동네가 있다고 자주 얘기했는데, 바로 리치몬드Richmond였다.

- 늙고 힘없어지면 한국 사람이 많이 사는 곳이 편하지 않을까? 뉴몰든New Malden 런던 남서부 교외, 가장 많은 한인들이 모여 코리아타운을 형성하고 있다. 같은.

그녀가 리치몬드 얘기를 처음 꺼냈을 때 나는 기계적으로 한국 교민이 가장 많이 모여 사는 뉴몰든을 떠올렸다.

- 그곳은 나중에 우리가 자식 낳으면 조기 유학 보낼 때나 고려해볼 곳이지. 뉴몰든에서라면 굳이 특별한 노후를 꿈꿀 이유가 없어.

원형 그대로 잠들어 있던 유물을 발굴해내는 것처럼 그녀가 했던 말들이 세월의 흙더미 밖으로 하나둘 모습을 드러내고 있다. 하지만 그 말에 내가 어떤 대꾸를 했는지는 기억나지 않았다. 중요한 부분에서 필름이 이어지지 않는다.

비가 그치고 간간이 여린 햇살이 비추는 창밖을 보다가 외투를 챙겨 입고 호텔을 나섰다. 로비 직원에게 리치몬드로 가는 버스 편을 물었더니 어차피 택시를 한 번은 타야 한다고 해서 바로 앞에 대기하고 있던 블랙캡에 올랐다. 차창을 조금 내렸다. 열린 창틈으로 비와 흙내음이 섞인 습한 바람이 들어왔다.

런던 외곽에 자리한 리치몬드는 인혜와 두어 번 와본 게 다였지만, 템스 강을 바라보고 있는 고급스러운 주택가와 넓게 펼쳐진 녹지, 그 위에서 노닐던 사슴 떼가 인상적이었던 곳이다.

블랙캡은 주택가가 시작되는 동네 초입에 나를 내려주었다. 서울과 비교도 할 수 없는 맑은 공기에 모처럼 심호흡을 크게 해봤다. 먼지로 가득 차 있는 것 같던 가슴에 작은 숨구멍이 트이는 기분이었다. 얼마 걷지도 않았는데 금세 템스 강을 배경으로 멋진 주택가가 펼쳐졌다. 런던 도심에서 한 시간 이내에 있는 곳이라고는 믿기지 않을 만큼 여유롭고 한적한 풍경은 10년 세월이 흘러도 변한 것이 없었다.

물 위에는 간만에 모습을 드러낸 햇살을 마음껏 즐기며 카누를 타는 사람들이 보였다. 나는 산책하듯 천천히 걸어 리치몬드 파크Richmond Park로 갔다. 드넓게 펼쳐진 초원 위에 사슴 한 무리가 어제도 만났던 것처럼 익숙한 모습으로 풀을 뜯고 있었다. 우리 삶의 여정이 마지막 쉼표를 찍고 싶어 했던 그 리치몬드가 맞다. 잘 맞춰지지 않고 있던 나머지 퍼즐 조각들이 비로소 모두 제자리를 찾아 현실 속 생생한 그림으로 완성된 것 같았다.

- 내가 가본 곳 중 가장 축복받았다고 느껴지는 곳이야. 이곳에서 살면 마지막 순간까지 불행해지지 않을 것 같은 기분이 들어.

바람결에 인혜의 목소리가 실려 왔다. 나는 그 순간에도 지금처럼 무언가에 홀린 듯 눈앞에 펼쳐진 광경을 넋 놓고 쳐다보고만 있었을 것이다.

외투 주머니에서 휴대폰을 꺼내 시선 닿는 곳마다 사진을 찍었다. 공원이라고 착각할 만큼 넓은 정원을 가진 하얀색 2층 주택과 물가 벤치에서 다정히 백조들에게 먹이를 던져주는 노부부, 그리고 한가로이 풀을 뜯고 있는 사슴 떼까지. 이곳저곳을 걸어 다니며 촬영 버튼을 누를 때마다 지금 이곳에 있는 인혜 모습을 잠깐씩 상상해본다. 워낙 녹지가 많다는 건 알고 있었지만 집과 집 사이에 펼쳐진 숲 사이로 넓은 골프장까지 자리 잡고 있는 것을 보고는 약간 놀라기도 했다. 입구에 붙어 있는 안내판을 자세히 들여다봤다. 누구나 저렴한 입장료만 내면 언제든 편하게 즐길 수 있는 공용 골프장이라는 사실이 더 놀라웠다.

런던에 도착한 후 처음으로 햇살다운 햇살을 만나서일까. 축복받은 곳이라던 인혜 말에 한참이나 뒤늦은 동의의 전언을 띄우고 싶었다. 그때는 이곳에 대한 매력에 미처 눈을 뜨지 못했다. 내 옆에서 걷고 있는 여인만으로도 충분한 축복이었으니까. 미래를 바라보기보다 현재의 행복을 움켜쥐고 있기에 바빴다는 걸 현재가 된 미래가 가르쳐주었다.

어느 때보다 더 간절히 인혜를 그리워하게 만드는 리치몬드 풍경이 금값보다 비싼 런던의 태양을 이고 꿈처럼 나에게 손짓하고 있다. 너의 그녀와 함께 오라고. 이곳에서 진짜 마지막을 준비하라고. 하지만 뒤에서 갑자기 울리는 롤스로이스의 우람한 경적이 잠시 찾아왔던 달콤한 꿈과 희망을 산산조각 낸다. 세상에서 생명이 가장 짧은 것은 꿈과 그것이 던져주는 근거 없는 희망이다.

복잡한 소호 거리를 한참 헤매 간신히 갤러리 문을 밀고 들어섰을 때 쳰은 입을 벌리며 짐짓 과장되게 놀라는 표정을 지어 보였다. 데런이야 서양인 특유의 친근한 매너가 습성처럼 배어 있다고 해도 티베트인인 쳰이 보여주는 유머와 위트는 신기했다. 게이이기 때문일까. 아니면 이런 생각도 인권침해적인 선입견일까. 런던에서 살면 데런이나 너처럼 상대를 대하는 애티튜드에 고급스러운 유머가 생기느냐고 물었더니 자신은 고급스러운 게 맞지만 데런은 그렇지 않다며 농담을 이어갔다.

점심시간이 갓 지난 갤러리는 한산했다. 주변을 둘러보니 사진 작품들이 하얀 벽면을 빙 둘러 걸려 있었다. 현재는 주목받는 차세

대 사진작가들과 행위예술가들이 함께 작업한 컬래버레이션 기획전이 열리고 있었다.

“웃기지? 티베트 시위 현장을 담은 다큐 사진을 전시했던 내가 이런 상업적인 사진 갤러리의 큐레이터라는 게.”

“파인아트를 상업적이라고 하는 네 말이 더 웃긴걸.”

내 대꾸에 그는 날카로운 위로에 경의를 표한다면서 웃음을 지었다.

작품들을 하나하나 훑어가던 나는 벽면 맨 끝에 걸린 사진 앞에서 멈춰 섰다. 넓은 초원 위에 한 남자가 풀과 똑같은 보호색을 띤 듯 초록색 보디페인팅을 한 채 웅크리고 앉아 있었고, 사슴 한 마리가 다가와 호기심 어린 눈으로 냄새를 맡고 있는 사진이었다. ‘Born to be Nature’라는 제목이 달려 있었다.

“이곳 혹시 리치몬드?”

차를 내오며 그가 고개를 끄덕였다. 첸과 나는 홍차 한 잔을 놓고 테이블에 마주 앉았다. 런던에는 사슴을 볼 수 있는 공원이 여럿 있는데 리치몬드인 줄 어떻게 알았느냐고 물었다. 방금 전 그곳에 다녀온 사정을 설명하다 보니 본의 아니게 짤막한 과거사까지 털어놓게 됐다.

“데런에게 다 들어 알고 있었지?”

내가 묻자 물끄러미 나를 주시하던 그가 홍차를 한 모금 마시고는 말을 이었다.

"데런은 네가 생각하는 것만큼 나에게 친절하지 않아."

계속 농담을 던지던 유쾌한 목소리가 슬며시 가라앉는 것을 느끼고는 실수했다는 걸 깨달았다. 미안하다고 하자 그는 대수롭지 않게 '전혀'라고 답했다. 그러고는 5년 전 런던에 오게 된 이야기와 데런을 처음 만났을 때 일들을 들려주기 시작했다.

첸의 가족은 유목민이었다. 언젠가 중국 당국은 광산 개발을 위해 목축지를 파괴하기 시작했고 이 과정에서 200만 명이 넘는 티베트 유목민이 자신들의 고향에서 쫓겨나야 했다. 일부는 인도 다람살라Dharamshala 1959년 3월 반중국 민중 봉기로 티베트인 12만 명 이상이 학살되자 달라이 라마는 인도 히마찰 프라데시의 다람살라로 이주해 망명 정부를 수립했다. 의 티베트 망명 정부로 가기도 했지만 첸 가족을 포함한 유목민 대부분은 삶의 터전에 남아 격렬히 저항했다. 이때 분신을 한 이들의 숫자가 스무 명 가량이었는데, 그중 한 사람이 첸의 아버지였다. 첸은 광산 개발에 항의하지 않겠다는 서명을 하지 않으면 누구든 국가에 반대하는 것으로 간주하겠다고 떠들어대며 돌아다니는 중국 당국의 차량 스피커 소리를 들으며 더 이상 머물 수 없다는 생각을 굳혔다고 했다. 다른 사람들 편에 어머니를 먼저 다람살라로 보낸 후 첸이 런던으로 오게 된 것이 5년 전 일이다.

"다람살라로 가봤자 할 수 있는 건 없어. 암울한 현실만 더 느끼게 되겠지."

그런데 왜 하필 영국이었을까.

“시위의 자유와 시빌 유니언Civil Union 동성 결혼 합법화의 전 단계에 해당하는 것으로 동성 간 결혼과 입양 등의 법적 권리는 보장하지만 사회적 결혼으로 인정하지는 않는다. 이 보장되는 곳이니까. 나의 성 정체성으로는 티베트도 인도도 어울리지 않는 곳이기도 했고.”

말끝에 자조적인 웃음이 묻어났다. 티베트와 인도가 게이에게는 가장 어울리지 않는 나라라는 말이 틀린 얘기는 아닐 것이다. 다만 ‘어울린다’는 표현이 주는 역설적인 느낌이 입천장에 들러붙은 가루약처럼 쓰고 깔끄러웠다. 첸은 나를 위해 시빌 유니언에 대해서도 설명을 잊지 않았다.

“시빌 유니언 제도를 인정하는 유럽 국가들에선 그나마 많은 동성 커플들이 결혼이나 입양의 권리를 누리며 살고 있지. 법적인 결혼으로 인정받지는 못하지만.”

“흠. 시빌 유니언으로 법적인 권리를 갖는다면 굳이 결혼을 합법화할 필요가 없다는 게 데런의 생각인가?”

“데런은 이런 투쟁이 오히려 정체성에 대한 열등한 의식 때문이라고 생각해. 제도권에 편입되기 위해 스스로 비굴해지는 행위라고.”

첸이 데런을 만난 것은 파트타임으로 일을 해가며 어렵사리 학비를 벌던 때였다. 용기를 내 소호에 있는 한 게이 바에 갔던 첸은 혼자 글렌피딕을 마시던 데런 옆자리에 앉게 됐다. 데런으로부터 얼떨결에 건네받은 독주 몇 잔에 정신을 잃고 업히다시피 데런 집으로 가게 된 것이 인연의 시작이었다.

"혹시 우리……."

낯선 곳에서 눈을 뜬 첸은 놀라서 데런에게 물었다.

"애 같은 표정이라니. 걱정 마, 친구. 아무리 술에 취했어도 내 이성은 알코올보다 강하거든. 잠에서 깼으면 얼른 옷 챙겨서 엄마 품으로 돌아가라고. 다시는 위험한 밤거리에서 방황하지 말고."

그 말 한 마디에 첸은 데런에게 빠져들었다고 했다. 내가 이해할 수 없는 일이라고 하자 세상 모든 감정 중에 이해 가능한 것이 얼마나 되느냐고 반문했다. 어쨌든 일방적인 관계는 문제가 있다는 내 말에 첸은 묵묵히 고개를 끄덕였다.

"한 사람과 세 달 이상을 가본 적 없는 데런에게 결혼이나 동거는 당연히 관심 밖이겠지."

"그래도 넌 데런 곁에서 몇 년을 버티고 있잖아."

"너도 그래? 그녀를 위해 버티는 건가? 무엇을 위해서?"

첸이 던진 질문에 잠시 말문이 막혔다. 지난 10년 세월이 버티는 시간이었던가.

"데런을 위해 네가 결혼을 포기할 수는 없어?"

"포기라는 말은 그렇게 쓸 수 있는 말이 아니야. 그건 마치 달라이라마를 위해 게이이길 포기할 수 없느냐는 질문처럼 들려. 네가 10년이 지난 지금까지 다른 남자의 아내가 된 여자를 여전히 포기하지 못하고 있는 것과 무엇이 다르지?"

계속 얘기를 이어가느라 반쯤 남은 첸의 홍차는 식어가고 있었다.

"가장 이해 안 되는 건 데런의 마음조차 얻지 못하고 있는데 그를 위해 이런 투쟁을 하고 있다던 네 얘기였어."

"네가 지금 이곳에 와서 영화에나 나올 법한 상황을 연출하고 있는 것 역시 그녀 마음을 다 얻었기 때문은 아니잖아. 그리고 내가 동성 결혼 합법화를 위해 노력하는 게 꼭 데런만을 위한 게 아니라는 건 너도 알 수 있을 거라고 생각해."

영화에서나 나올 상황이라는 얘기에 할 말이 없어졌다. 그는 투쟁이라는 표현에 어울리는 노력이라도 하고 있건만 투쟁조차 되지 못한 내 지난 10년은 간헐적인 편두통과 불면증이 되어 심신을 피폐하게 만들고 있을 뿐이다. 투쟁이라는 단어를 고루하고 맥쩍은 감상으로 곱씹고 있는 내 현재가 더 남루해지는 순간이었다.

자세한 얘기를 한 적은 없었지만 인혜 집안이 그리 넉넉한 형편은 아니라는 것 정도는 알고 있었다. 런던 유학 상담을 위해 찾았던 유학원에서 처음 인혜를 만났을 때 그녀는 비행기 표 살 돈과 학비까지는 어떻게 마련했지만 머무는 데 필요한 자금이 부족해 떠나지 못하고 있는 상황이었다. 비슷한 시기에 유학 상담을 받느라 오며 가며 눈인사 몇 번 건넨 게 전부였던 내가 괜찮으면 함께 지내는 게 어떻겠느냐는 뜬금없는 얘기를 건넸을 때, 기꺼이 한쪽 뺨을 내줄 각오까지 하고 있었다. 언제 손이 날아올까 기다리는데 눈 깜짝

할 사이에 그녀의 두 눈이 그렁거리고 있었다. 스스럼없이 내 손을 잡은 그녀는 고맙다고 말했다. 마음속에서 우러나온 진심이라는 것은 잡고 있는 손이 말해주고 있었다.

인혜는 유학 시절 내내 번역 아르바이트를 놓지 않았고, 정기적이지는 않았지만 더러 서울로 생활비를 보내기도 했다. 가끔 집과 통화를 할 때면 전화 저편 누군가에게 화를 내기도, 울먹이기도 했다. 그럴 때마다 창가에 홀로 서 있는 시간이 더 길어졌고 나는 그녀를 지켜보다가 깜빡 잠이 들거나, 잠에서 깨어 여전히 창가에 서 있는 그녀를 지켜봤다. 어쩌다가 서울로 보내는 생활비에 내 돈을 조금 보태면 그녀는 미안하다는 말과 고맙다는 말을 꼭 두 번씩 반복하고는 목덜미에 두 팔을 두르고 낮고 긴 한숨을 내쉬었다. 턱 밑을 사랑스럽게 간질이는 그 한숨이 나는 싫지 않았다.

유학을 마치고 서울로 돌아간 지 6개월 만에 그녀는 결혼식을 올렸다. 그 짧은 시간 안에 어떻게 검사를 만나 결혼까지 하게 됐는지 사정은 알 수 없었다. 내가 아는 것이라곤 런던을 떠날 때가 다가올수록 사랑한다는 말을 더 자주 했다는 것 정도.

결혼에 대한 얘기를 들은 것은 서울 근교에 있는 작은 모텔에서였다. 그녀가 '곧 결혼해'라고 남 일처럼 말했을 때 이 빌어먹을 도시로 돌아온 게 모든 화근인 것 같아 두 눈을 질끈 감아버렸다. 그녀는 아무 말 없이 돌아눕는 나를 뒤에서 끌어안았다. 보란 듯이 뿌리치려 했다. 전혀 이해할 수 없으니까 제발 좀 놔두라고 소리치고 싶었다. 그런 얘기를 아무렇지도 않게 하는 넌 대체 뭐냐고. 런던에서의 3년은 뭐였느냐고 말이다.

정작 한 마디도 쏟아내지 못했던 나는 그녀의 팔을 밀쳐내고 욕실로 들어가 버렸다. 샤워를 하다 말고 무심코 변기에 앉아 있다가 변기 수조 뚜껑으로 애꿎은 거울을 내리쳤고, 놀라 뛰어 들어온 인혜는 내 손부터 살펴본 뒤 이상이 없음을 확인하고는 수건으로 몸 구석구석을 닦아주었다. 그녀가 젖은 욕실 바닥에 무릎을 꿇고 내 사타구니의 물기를 수건으로 훔치는 동안 나는 거미줄처럼 금이 간 세면대 거울 안에서 흉하게 조각나 있는 내 영혼을 자학하는 기분으로 응시했다. 거울을 깨지 않았다면 인혜를 때렸을지도 모른다는 생각에 후회하지 않았다. 내가 옷을 입는 동안 인혜는 말없이 욕실을 치운 후 방을 나서기 전 화장대 위에 수표 한 장을 올려 두었다. 누군가 봉사의 대가로 가져갈 화대 같았다.

검사의 아내가 된 그녀는 신혼여행을 다녀온 며칠 뒤 잠깐 만난 카페에서 처음이자 마지막으로 미안하다는 말을 전했다.

- 나, 만나줄 거지?

내 한 마디에 인혜는 수척해 보이는 얼굴로 고개를 끄덕였다. 분노와 원망과 두려움과 불안함의 레일 위를 정신없이 미끄러지던 나는 그제야 바보처럼 안도의 한숨을 내쉬었다. 하지만 10년이 된 지금까지도 나는 덜컹거리는 그 레일 위에서 내려오지 못하고 있다.

첸에게서 전해 들은 과거와 현재가 희뿌연 거울이 되어 어느새 내 과거와 현재를 비추고 있었다. 첸이 던진 질문은 차마 나 스스로에게 던질 수 없었던 '왜'였다.

"데런은 그라스Grasse 프랑스 프로방스알프코트다쥐르 주에 위치한 유명 휴양지로 향수 제조의 중심지다. 에서 살고 싶어 해. 너와 그녀가 리치몬드를 꿈꿨던 것처럼. 난 우리를 위해서 열심히 돈을 모으고 있어. 언젠가 데런도 더 나이가 들면 지금 내가 하고 있는 노력을 이해하고 받아들여줄 거라 믿어."

프랑스 프로방스 지역에 있는 그라스는 향수 원료가 되는 좋은 품종의 꽃과 식물이 풍부해 조향사들에게는 원하는 향과 재료를 얻을 수 있는 '찰리의 초콜릿 공장' 같은 곳이었다.

"데런은 가고 싶은 곳이라면 언제든 갈 수 있는 사람인 걸로 알고 있는데?"

"그렇기 때문에 나 또한 그에 어울리는 균형을 맞춰가고 있다는 말이지."

확실한 동기와 목적이 부여되지 않으면 몸도 마음도 좀처럼 움직여주지 않는 내 기준에서는 쉽사리 동화되기 힘든 주관이었다.

"같은 교민들 사이에서는 내게 손가락질하는 사람도 있어. 종교적 신념까지 저버린 더러운 동성애자가 시위대에 참가하는 걸 반대하는 이들이 제법 있지."

"살기 위해 운명을 함께하는 동족에게 동성애자라는 이유로 미움을 받는다. 대단한 아이러니군."

“그들 입장에서 생각하면 충분히 그럴 만하지. 하지만 난 포기하지 않아. 너도 그랬으면 좋겠어.”

나를 응원하는 한 마디가 이상하게 홍차보다 더 쓰게 넘어갔다. 두 시에 근무 교대를 하는 첸은 다음 큐레이터가 오자 갤러리를 나와 티베트 교민 커뮤니티 본부가 있는 브릭스턴Brixton 런던 남부에 있는 서민적 동네로 영국 록가수 데이비드 보위가 태어나 자란 곳. 으로 향했다. 씩씩하게 달려가는 뒷모습이 조용히 다가왔다가 눈만 맞추고 뛰어가는 사슴 같았다. 그러고 보니 그의 눈이 사슴과 닮았다.

콘듀이트, 이질적인 것들의 충돌

5일째 인혜로부터 연락이 없다고 하자 데런은 벤로막Benromach 스코틀랜드 스페이사이드에서 제조하는 최초의 오가닉 싱글 몰트 위스키. 오가닉 위스키 한 병을 들고 호텔 방을 찾아왔다. 이제 천천히 위로의 단계를 밟아도 될 때라고 판단한 모양이었다. 그가 생각한 최종 시한은 고작 4일인 셈이었나.

그는 들어오자마자 테이블 위 향수 옆에 놓여 있는 사진을 발견하고는 갤러리 알에서 본 사진이라고 아는 척을 했다. 어제 오후 첸은 동성 결혼 합법화 시위가 있는 리버풀 역으로 가는 길에 호텔로 잠깐 들렀다. 손에는 돌돌 말린 사진이 한 장 들려 있었다. 유명한 라이선스 잡지의 한국 기자가 그 사진을 마음에 들어 하더라는 첸 애기에 작가는 자기 프로필과 작품을 잡지에 실어준다면 그 사진을 주고 싶다는 의사를 전했다고 했다. 물론 디지털 프린트이긴 했지만. 나는 향수 옆자리에 사진을 잘 펼쳐 놓았다.

첸은 리치몬드 집들 대부분이 자가 소유인 고급 주택이기 때문에 단기 렌트나 홈스테이를 구하는 건 힘들 것 같다는 얘기도 전했다. 부탁한 것도 아닌데 자신이 나서 알아봐준 성의가 고마웠다.

첸이 먼저 다녀갔다는 말에 데런은 언제 그렇게 친해진 거냐고 장난스럽게 물었다. 첸은 어떤 사람이라도 친해지고 싶게 만들 만큼 매력적이고 배울 점이 많은 남자라고 했지만 데런은 듣는지 마는지 돌아서서 술병부터 땄다. 우리는 거실 바닥 카펫 위에 나란히 앉아 벤로막을 마시면서 이런저런 대화를 나누었다. 술 마시는 동안에는 첸이나 결혼에 관련된 얘기를 꺼내지 않았다. 그가 나와 인혜에 대해 꼬치꼬치 캐묻지 않는 것에 상응하는 최소한의 도리였다. 말을 꺼내면 아무래도 첸 편을 들 것 같아서이기도 했다.

그는 오늘 회사에서 해고됐다고 했다. 사표를 냈다는 의미였다. 곧 본드 스트리트Bond Street에 새로운 향수 부티크를 오픈할 거라는 얘기도 덧붙였다. 온갖 명품 숍들이 즐비한 거리니 월세가 엄청나다는 것쯤은 어렵지 않은 예상이었다.

"네 수준에 맞추려면 본드 스트리트 정도는 돼야겠지."

"요즘 내가 바쁜 이유가 대출 받으러 뛰어다니는 것 때문이란 사실을 모르고 하는 말이야. 조향사 연봉이 적진 않았지만 이건 진짜 엄청난 사업이라고, 유진. 나를 찾아올 미래의 고객들을 실망시키고 싶진 않아."

데런은 자신을 위해 행운을 빌어 달라며 잔을 부딪쳤다. 작은 유리잔 두 개가 만들어낸 탁한 소리가 어두워진 방 안으로 퍼져 나가려다 말고 감질나게 스러졌다. 런던 사교계와 상류층을 대표하는 모델이라 생각했던 데런은 런던 은행들의 대출 금리가 살인적이라고 푸념하며 연거푸 잔을 털어 넣었다. 하필 그때 그가 입고 있는 니트 소매에서 풀려 나온 올 한 가닥이 눈에 들어왔다. 고정된 이미지는 꼭 한꺼번에 몰아서 무너진다. 그가 측은해진 만큼 가까워졌다. 무거워지는 분위기를 그도 느꼈는지 얼른 표정을 바꾸고 런던을 대표할 첫 향수는 아마도 피어니Peony를 테마로 할 것 같다고 했다.

"진정한 플로럴 부케 향수가 탄생하겠군."

"이봐, 난 심각하다고."

작약이 부케에 사용되는 대표적인 꽃이라 했던 말인데 데런은 싱글 플로럴 타입을 만들겠다는 자신의 생각을 여러 향이 조합되는 플로럴 부케 타입을 의미하는 것으로 내가 잘못 이해했다고 여긴 듯했다. 완벽하지 않은 영어는 역시 커뮤니케이션에 문제를 일으킨다.

"어쨌든 네 첫 향수에 페티그레인은 안 들어갔으면 좋겠어."

약간 굳어 있던 데런의 표정이 내 농담으로 풀어졌다.

"1921년 샤넬 넘버5 향수를 만드는 데 이미 여든세 가지 재료가 들어갔어. 그전까지는 몇 가지 플로럴 향만을 조합해서 향수를 제조했는데 잔향이 오래가질 않는 거야. 그래서 당시 크리에이터였던 에르네스트 보Ernest Beaux는 알데히드라는 합성 향료를 사용해 향이 획기적으로 오래가는 샤넬 넘버5를 만들어냈지."

최초의 모던 퍼퓸으로 불리는 샤넬 넘버5의 탄생기는 나도 자료를 통해 접했던 내용이다. 그라스에서 나는 천연 재스민이 주재료였지만 샤넬 넘버5 제조 비밀 중 하나는 어떠한 에센스도 부각되지 않도록 하는 것이었다고 한다. 마치 재스민이라는 천연 재료만으로 제조된, 순수하고 고귀한 향처럼 느끼게 하려는 의도가 아니었을까 하고 데런은 자신의 생각을 전했다. 결국 좋은 향수를 만드는 일은 어떤 재료를 쓰느냐가 아니라 재료들을 어떻게 조합하는지의 문제라고 덧붙였다.

"그런데 그것만큼 중요한 게 또 있어. 향수를 제조할 때 한 가지 정도는 나쁜 향을 첨가한다는 거지. 그리고 그것이 다른 향들과 차별되게 하는 핵심 노트가 되기도 해. 그 나쁜 향 하나를 찾는 게 관건이야."

"이곳이 런던이 아니라 그라스였다면 좋았을 텐데. 첸은 널 위해 그라스로 갈 꿈을 꾸고 있더군."

무심결에 나온 말이었다. 잠시 대화가 끊겼다.

"첸을 싫어하는 건 아니지?"

벤로막이 바닥을 드러내자 데런이 '젠장'이라며 손바닥으로 이마를 짚었다. 술기운이 아니었다면 끝까지 꺼내지 않았을 얘기였다. 나도 속으로 '젠장'이라고 따라 했다.

"샤넬 넘버5를 얘기하다가 어떻게 쳰 얘기가 나온 거지? 놀랍네."

"쳰은 네가 만날 수 있는 최고의 향이야. 너도 알다시피."

"시인이 다 되셨군."

최고의 향이라니. 한국어로 했다면 절대 쓰지 못했을 표현이다. 그는 한 마디 툭 던지고 더는 말이 없었다. 그러다가 실내 공기가 답답하게 느껴졌는지 벌떡 일어나서 창문을 열었다. 다시 비가 내리고 있었다. 취기 때문인가. 방 안으로 밀려드는 비 냄새가 평소와는 달랐다. 어색한 침묵을 어루만지고 낯간지러운 충고 따위는 슬며시 덮어버리는 냄새였다. 그 냄새는 방 안을 한 바퀴 휘돌며 정리 안 되는 감정의 찌꺼기들을 조용히 쓸어 담고는 다시 창밖으로 홀연히 사라졌다. 곧이어 시름도 두려움도 모두 거둬 가줄 것 같은 달콤한 습기가 방바닥부터 천천히 쌓이기 시작했다.

창가 쪽을 바라봤다. 데런의 실루엣이 달그림자처럼 너울거렸다. 움직이지 못하도록 그의 그림자를 붙들고 싶었다. 하지만 몸을 움직이기엔 취기가 무겁게 차올랐다. 이놈의 두통은 독한 알코올 앞에서도 억센 기운을 전혀 꺾을 생각이 없나 보다. 술기운에 두통약까지 더해지면 잠은 잘 올 것 같다.

"네가 만약 10년 전 그녀와 결혼했다면 아직도 이렇게 네 심장이 뜨거울까?"

데런은 등을 보인 채 바지 주머니에 손을 넣고 나지막이 말했다. 뒷모습이 쓸쓸해 보이기도 하고 거만하게 보이기도 했다. 누군가의 뒷모습은 생각보다 많은 의미를 던진다. 창가에 서 있는 인혜의 뒷모습을 보면서 나 혼자 상념에 젖곤 했던 이유가 그 때문이었던가. 지금 뒷모습은 외로워 보이네. 왜일까. 지금 뒷모습은 화가 난 것 같아. 내가 무슨 잘못이라도 한 것일까. 지금의 뒷모습은 세상과 단절되길 원하는 것 같아. 나로부터 떠나고 싶어 하는 건 아닐까…….

쓸데없을지 모를 무수한 두려움에 쌓여 침묵을 깰 용기조차 내지 못했던 지난날이 지금 이 순간 흐릿한 신기루처럼 데런의 그림자 위로 중첩된다.

나는 데런이 쳐 놓은 낯익은 침묵의 벽을 보며 그가 던진 질문에 대한 답을 힘겹게 찾고 있었다. 문득 손에 들고 있는 위스키 잔을 으스러뜨리고 싶어지는 밤이었다.

빗소리를 들으며 잠이 들었던 모양이다. 방 안은 말끔하게 정리돼 있었고 데런은 보이지 않았다. 언제쯤 간 것일까. 멍한 정신을 부여잡은 채 베개에 얼굴을 파묻고 있다가 휴대폰 메시지 알람을 듣고 눈이 번쩍 뜨였다. 침대 옆 작은 탁자 위에 있던 휴대폰을 잡으려다가 이불이 말려 굴러떨어지면서 탁자 모서리에 오른쪽 광대뼈 부위를 찌었다. 아픈 걸 느낄 새도 없이 휴대폰을 낚아채 메시지를 확인했다.

'메일 확인 부탁해.'

편집장이었다. 혹시 인혜에게 문자라도 올까 싶어 설핏 잠들었다 깨기를 반복하느라 불면의 밤이나 다름없는 며칠을 보내고 난 후 어제는 술기운과 신경안정제의 시너지 효과 덕분에 처음으로 내처 자고 말았다. 밤새 인혜에게 연락이 없어서 다행이었고, 불행이었다. 나도 모르게 긴 한숨이 새어나왔다.

편집장이 안부 메일을 보냈을 리는 없다고 생각하며 노트북을 켰다.

'자긴 아무래도 선견지명이 있나 봐.

아주 때맞춰 런던 통신원이 교통사고가 났다네.

다음 달 Letter from London 펑크 나게 생겼어.

꼭지 한두 개만 만들어 와. 핫플레이스 하나, 피플 인터뷰 한두 개 정도.'

런던까지 와 노트북을 켜게 만든 편집장 메일은 단 네 줄이었다. 나라면 7년 만에 처음 안식월 휴가를 떠난 후배에게 이런 메일을 쓸 수 있을 것 같진 않다. 이래서 그녀는 편집장이 된 것이고 나는 아직 수석 기자를 못 벗어나고 있는 것이겠지.

나는 탁자에 기댄 채 냉기 어린 바닥에 웅크리고 앉았다. 계속

되는 빗소리와 함께 몸속으로 냉기가 파고들었다. 광대뼈 쪽이 시큰거려 손을 대봤더니 살짝 피가 묻어났다. 흐를 정도는 아닌 걸 보면 심한 상처는 아니었다. 이불을 끌어다가 몸을 칭칭 감고 무릎 사이에 고개를 파묻었다.

지금까지 일어난 모든 일들이 혹시 꿈은 아닐까. 차라리 기나긴 꿈이었으면. 잠에서 깨면 10년 전 쇼디치의 붉은 벽돌 아파트 창가에 인혜가 아닌 나 혼자 서 있었으면 좋겠다. 어쩌다가 여기까지 오게 된 것인지. 애써 외면하고 있던 자문이 기어이 독 묻은 화살이 되어 내 목을 겨누고 있다.

'감정으로 얽힌 관계에 룰이 끼어드는 순간 관계 자체가 흔들릴 수밖에 없어. 누군가를 진심으로 사랑한다면 그 룰을 거부하는 게 현명해.'

가물거리는 어제 기억 속에서 데런이 한 것인지 내가 떠든 것인지 모를 말들이 군데군데 끊어진 필름처럼 이어졌다. 정확히 끼워 맞춘 것인지도 알 수 없다. 어쩌면 아무도 하지 않은 얘기일지도 모른다.

런던으로 오기 전 마지막으로 인혜를 만났을 때 그녀 얼굴에는 불안과 두려움이 가득했다.

- 남편이 알게 된 것 같아.

여리게 떨리는 그녀의 음성을 듣는 것만으로도 내 가슴은 타들어갔다.

- 런던으로 가. 우리가 함께 머물렀던 쇼디치의 그 아파트에서 기다려줘. 출발하기 전에 연락할게.

다급한 몇 마디를 남기고 그녀가 자리를 떠난 후 아직 온기가 가시지 않은 커피 잔을 바라보다가 정신을 차리고 뛰쳐나갔다. 마술처럼 그녀는 사라지고 없었다. 누군가를 붙잡으려 하는 자의 시간과 누군가로부터 떠나려 하는 자의 시간은 전혀 다른 속도로 흐른다는 것을 알게 된 날이었다. 나와 인혜의 시간은 어느덧 톱니바퀴를 맞출 수 없을 만큼 무관한 속도로 흐르고 있다는 것을.

나는 인혜가 황급히 쏟아 놓고 간 갑작스러운 제안의 진위를 놓고 한참을 고민해야 했다. 그 몇 마디를 믿고 정말 런던으로 떠나야 하는 것인지, 떠나도 되는 것인지에 대해서. 그런 망설임을 예상했는지 인혜로부터 짧은 문자가 한 번 더 도착했고 그제야 서둘러 런던행 티켓을 예약했다. 마지막 여행이 될 거라는 사실을 예감하면서도 히드로 공항으로 가는 비행기 안에서 바보처럼 설레었고 아이처럼 두려웠다. 그 설렘과 공포가 이제는 모두 지치기 시작했다.

얼굴의 상처가 욱신거린다. 몸이 시리다. 눈까지 빠질 것처럼 아프다. 모든 게 그녀 때문인 것 같다. 아악! 뇌가 시켰다고는 믿기 힘든 비명 같은 소리가 내 입에서 터져 나왔다. 나는 이불을 머리끝까지 뒤집어쓴 채 말문 터진 아이처럼 계속해서 악다구니를 질러댔다. 흉한 외침이 아무리 이어져도 내 몸속에서는 쓰리고 아픈 독기가 좀처럼 빠져나가질 않았다.

◇◇◇◇◇◇◇◇◇◇◇◇◇◇◇◇◇◇

얼굴에 난 상처를 보고 데런은 자신이 취해서 그렇게 만든 거냐고 놀라서 물었다. 내가 좋아할 만한 매운 홍합탕을 사주겠다며 만난 차이나타운의 한 레스토랑에서였다. 첸도 함께였다. 데런이 새로운 숍에 내걸 미술 작품에 대한 컨설팅을 첸에게 부탁한 것은 좀 의외였다. 문자 메시지 소리에 급하게 휴대폰을 집어 들다가 침대에서 떨어졌다고 하니 데런은 가련한 눈빛으로 쳐다봤고, 첸은 '저런'이라고 말하며 상처를 살폈다. 주문한 음식들이 나오자 첸이 데런 앞에 놓인 접시를 가져다 홍합탕을 적당량 덜어주었다. 내 접시에도 떠주려 하기에 웃으며 괜찮다고 했다.

"가끔 동양인들의 과한 친절이 이해 안 될 때가 있어."

데런은 첸의 행동이 못마땅한 눈치였다.

"지금 이 자리에 힘센 동양인이 두 명이야. 잘 생각하고 말해, 데런."

내가 먼저 농담으로 받아 넘겼지만 첸은 별 내색 없었다. 그에게는 이미 몸에 밴 핀잔이라는 걸 알 수 있었다.

한창 대화를 나누며 식사를 하는데 데런 휴대폰에서 알림 소리가 났다. 문자를 확인한 데런이 곧바로 답을 보내자 1분도 안 돼 다시 답장이 왔고, 그렇게 서너 번 문자 대화가 오갔다.

"피앙세라도 생긴 거야?"

내가 묻자 그는 대수롭지 않은 표정으로 지난 주말 클럽에서 만난 남자라고 애기했다. 자기 스타일은 아닌데 계속 연락이 와서 조만간 한 번 보자고 했다는 말도 덧붙였다. 반사적으로 쳰에게 시선이 갔다. 데런은 매워서 잘 못 먹는 홍합탕 국물을 쳰은 브로콜리 수프를 먹듯 말없이 떠먹고 있다. 혹시 그도 매운 걸 잘 못 먹는 건 아닐까.

숙취까지는 아니었지만 적당히 칼칼한 국물이 들어가니 느끼한 것만 넣어대던 속이 시원하게 풀리는 기분이었다. 쳰에게 뭔가 말을 건네고 싶었지만 내가 관여하지 않기로 한 주제를 빼고는 딱히 건넬 말이 생각나지 않았다.

썰렁해진 분위기 속에서 식사를 마친 우리는 데런 차를 타고 콘듀이트 스트리트Conduit Street에 있는 스케치Sketch라는 카페로 갔다. 마돈나가 맨체스터Manchester 공연을 마치고 뒤풀이를 한 장소로 유명하다는 애기는 들어 알고 있었다. 들어서는 입구에서부터 눈을 사로잡는 독특한 인테리어와 층층이 펼쳐지는 규모만 봐도 입이 떡 벌어지는 곳이었다. 눈길 닿는 곳마다 클래식한 멋 위에 모던한 예술적 감성이 절묘하게 어우러져 있었다. 고풍스러운 레스토랑과 미래적인 클럽 분위기가 공존하는 공간을 보면서 사장이 게이가 아닐까 싶다는 데런 말에 고개를 끄덕이지 않을 수 없었다. 1층에는 베이커리가 있었고 2층은 식사를 할 수 있는 레스토랑이었다. 우리는 디저트를 즐길 수 있는 지하층으로 내려갔다. 데런이 미리 예약해 둔 덕에 한적한 구석 자리에 앉을 수 있었다.

"요즘에는 사람이 많아져서 디저트도 예약을 해야 먹을 수 있다니까."

한산할 만한 평일 오후인데도 데런 말처럼 넓은 공간이 많은 손님으로 꽉 차 있었다. 다행히 테이블과 테이블 사이 간격에 여유가 있어 대화에 방해를 받을 일은 없을 것 같았다.

"런던에서 3년을 살았다는 게 믿겨지질 않아. 런던에 처음 온 관광객들도 다 한 번씩은 와보는 곳인데. 런던은 환상적인 곳들로 넘쳐난다고, 유진."

애프터눈티 세트를 주문한 데런은 런던이 자랑하는 다양한 핫 플레이스에 대해 별로 아는 게 없는 나를 짓궂게 놀렸다. 잠시 후 밀크티 세 잔과 요거트 무스, 레몬 머랭 타르트, 코코넛 프랄린 롤리팝이 앙증맞게 올라와 있는 하얀색 트레이가 테이블 위에 올라왔다.

"클럽이나 카페 같은 곳 다닐 시간에 리치몬드 파크에서 백조와 사슴을 만나는 게 훨씬 나은 삶인 거 같은데."

그때까지 조용히 있던 첸이 밀크티를 한 모금 마시고는 냉랭하게 입을 열었다. 데런이 굳어진 표정으로 첸을 바라봤다. 하지만 첸은 데런과 시선을 맞추지 않았다. 첸이 화장실에 다녀오겠다며 일어섰다.

"봤지? 내가 첸과 될 수 없는 이유가 바로 이거야."

계단을 올라가는 첸의 뒷모습을 보면서 데런이 탄식을 섞어 말했다.

"난 모르겠어. 초대받지 않은 게 나왔다는 생각밖에는."

데런은 내 말에 조금 미안해진 모양인지 나를 불편하게 할 생각은 없었다고 했다.

"나도 알아. 늘 상황은 뜻대로 안 된다는 거. 그리고 네가 첸을 위해 오늘 자리를 마련했다는 것도."

일개 시간제 큐레이터에게 데런이 작품 컨설팅을 맡길 이유가 없다는 건 바보가 아니라면 알 수 있는 일이었다. 그의 인맥이라면 테이트모던Tate Modern버려져 있던 뱅크사이드 발전소를 전시 공간으로 개조한 런던의 대표 미술관. 수석 큐레이터가 지금 이 자리에 앉아 있어야 맞는 그림이다.

어색해진 분위기 때문에 나 역시 화장실에 다녀온다고 한 후 일어섰다. 직원 안내를 받아 3층에 있는 화장실로 올라갔을 때 문을 열자마자 멈춰 서고 말았다. 1층 입구에 있던 마틴 크리드Martin Creed 영국 현대미술의 간판 작가로 2001년 터너상을 수상했다. 설치 작품에 놀란 건 예고편이었다. 온통 하얀색 천지인 넓은 공간에 사람 키보다도 큰 캡슐 형태 구조물들이 공룡 알처럼 여기저기 세워져 있었다. 모든 캡슐에는 작고 큰 타원형 문이 달려 있었다. 마치 거대한 설치 작품이 전시된 또 하나의 갤러리에 들어온 기분이었다.

볼일을 보러 왔다는 것도 잊은 채 커다란 캡슐들 사이를 조심스럽게 지나다니다가 어디에선가 들려오는 낯선 언어에 발걸음을 멈췄다. 직감적으로 쳰이라는 걸 알아챘다. 아마도 티베트어로 누군가와 통화를 하는 것 같았다.

세상과 완벽히 차단된 것 같은 이 공간에 그의 음성만이 유일한 소리와 질감을 전하고 있었다. 알아듣지도 못하는 말에 홀린 것처럼 소리가 나는 캡슐 쪽으로 다가가 타원형 벽에 가만히 기댔다. 나지막하게 오르락내리락하는 목소리는 적막한 공간에 미세하고 부드러운 파장을 만들어내고 있었다. 누군가 화장실에 들어올까 걱정이 된 나는 수문장이라도 된 심정으로 그가 들어가 있는 캡슐에 등을 기대고 통화가 끝나기를 기다렸다. 들어와 봤자 누구든 티베트어를 알아들을 일도 없겠지만.

그러기를 5분쯤. 캡슐 문이 열렸다. 쳰이 나를 발견하고는 눈을 동그랗게 떴다. 나는 얼떨결에 '쏘리'라고 했다. 어떻게 사용하는지 몰라 서성이고 있었다는 변명과 함께. 쳰이 들어가 있던 화장실에는 좌식 변기 맞은편 벽 쪽으로 소파 같은 좌석이 마련돼 있었다. 두 명이 앉으면 딱 알맞은 너비였다. 빨간색 벨벳 천으로 돼 있는 데다가 몰딩 역시 빨간색으로 마감돼 있어서 순백색 공간에 강렬한 대비가 생겨났다. 런던이란 곳은 모든 이질적인 것들이 아름답게 충돌하는 도시라는 생각을 다시 한 번 해본다.

쳰이 날더러 들어오라고 손짓을 했다. 문을 닫고 옆자리에 앉으니 생각보다 아늑하고 편안했다. 인혜와 함께 왔더라면 리치몬드 다음으로 이곳을 좋아하게 되지 않았을까.

"티베트어는 시처럼 들리는군."

나란히 앉아 있으려니 조금 멋쩍어지는 기분에 먼저 말을 꺼냈다.

"어머니와 통화했어. 좀 아프시거든. 다람살라 쪽은 여자 일손이 귀해서 어머니도 돕겠다고 가셨는데 많이 지치셨나 봐. 내가 많이 보고 싶대."

첸이 낮은 한숨을 내쉬었다. 만약 인혜였다면 말없이 손을 잡아주거나 어깨를 다독여주기라도 하겠지만 아무리 생각해도 그를 위로할 수 있는 적당한 방법이 떠오르지 않았다.

"나 한심하지? 나라의 독립과 동성애자 인권을 위해 투쟁하고 있다면서 정작 남자한테 빠져서 이러고 있으니."

"그런 걱정은 마. 널 볼 때마다 한심하다는 생각이 드는 건 나라고."

그가 고개를 들어 나를 바라봤다.

"나, 어머니에게로 돌아가야 할까?"

"네가 포기하지 않는다면 나도 포기하지 않을 수 있을 것 같아."

잠시 침묵을 지키던 첸은 오늘 만난 후 처음으로 그다운 미소를 지었다. 같은 동양인이기 때문일까. 런던에서 맞는 가장 비현실적인 순간에 나는 더없는 안식을 느끼고 있었다. 이질적인 것들의 충돌은 언제나 현실적으로 파괴적이거나, 비현실적으로 아름답다.

캠든 타운에서 길을 잃다

어느새 런던에 온 지 열흘이 넘었다. 티베트 관련 시위와 동성 결혼 합법화 시위는 하루 건너 하루 꼴로 계속되고 있었고, 첸을 따라 시위대 꽁무니를 따라다니다가 얼결에 'FREE TIBET'라 적힌 피켓을 대신 들고 행진하기도 했다.

동성 결혼 합법화 시위 때는 첸과 또래가 비슷한 남자들이 돌아가며 드랙퀸 분장을 하기도 했고 첸이 반라 차림이 되는 적도 있었다. 그리고 첸 등에 내가 직접 서툰 솜씨로 '나는 부끄럽지 않다, 다만 두려울 뿐이다'라는 문구를 적어주기도 했다.

티베트인 시위에는 피켓을 들고 행진에 참여하기라도 했지만 동성 결혼 합법화 시위 때는 어쩔 수 없이 거리를 두고 따라가는 것이 전부였다. 첸은 우리 사이에 놓인 거리가 자신들이 없애고자 하는 딱 그만큼의 거리라고 했다. 솔직히 드랙퀸이나 반라 차림도 이

거리감을 만드는 데 일조했다고 얘기하자 첸은 제발 데런을 닮아가지 말라고 말했다.

런던에 온 목적이 조금씩 희미해질수록 두려움은 불쑥 더 거세게 고개를 들곤 했다. 그것은 이곳에 온 목적을 절대 잊지 말라는 경고 같았다. 시위대를 따라가는 동안이나 갤러리에서 첸과 농담 섞인 대화를 주고받을 때, 혹은 데런과 향수 노트에 대해 얘기할 때는 별다른 감정이나 상념이 끼어들지 않았다. 데런은 두려움보다 외로움이 더 커지고 있는 것 같다고 진단했고, 첸은 두려움이나 외로움 모두 이름만 다를 뿐 같은 의미라고 말했다.

원칙 따위 무시한 채 그녀에게 전화를 걸고 싶은 충동이 찾아올 때마다 나는 리치몬드를 찾았고 비 오는 거리를 걸었으며 런던 브리지London Bridge를 바라보며 두세 시간씩 벤치에 앉아 시간을 보냈다. 비에 젖어 감기 때문에 하루 동안 고생하고 난 다음 날 데런은 딱한 얼굴로 런더너 흉내는 그만해도 된다고 말했다. 마침 런던 타워에 있는 기념품점에 들어갔다가 우산이 보이기에 하나 샀다. 'Welcome to London'이라고 큼지막하게 새겨져 있는 우산을 보고는 데런이 다른 우산을 하나 주겠다고 했으나 나는 나쁘지 않다고 말했다.

원래 비가 자주 오는 날씨이긴 하지만 현재 런던 날씨는 우기에 접어들기라도 한 것처럼 길게 비가 이어지고 있다. 잠깐씩 해가 날 때면 방 창문을 활짝 열고 실컷 심호흡을 했다. 비가 그친 직후 런던

모습은 비가 내리고 있는 순간보다 더 우수에 찬 도시 같다. 작은 베란다 난간 위에 맺힌 이슬을 보고 있으면 잠시나마 번민도 두통도 사라졌다. 비가 그칠 때쯤 진흙탕 될 것부터 걱정했던 서울에서는 이슬을 본 적이 없다. 인혜 일만으로도 복잡다단한 일상에 한낱 이슬 따위가 끼어들 여유가 없었다.

어쩌다가 하루 종일 맑은 날이 이어지면 템스 강을 끼고 워털루 브리지Waterloo Bridge에서 런던 브리지를 지나 타워 브리지Tower Bridge까지 걸어갔다가 돌아오기를 여러 번 반복했다. 또 어떤 날은 밀레니엄 브리지Millennium Bridge를 건너 테이트모던으로 가 반나절이 넘도록 머물기도 했다. 대부분은 3년 동안 런던에 살면서 한 번도 해보지 않은 일들이다. 열흘을 머물고 있는 런던이 3년을 살았던 런던보다 더 많은 얼굴을 내게 보여주고 있었다.

한 뼘 달라진 이 일상을 과거 속 인혜와 함께했다면 우리 현재가 혹 달라졌을지도 모른다는 생각이 들었다. 창가에 맺힌 이슬을 함께 보았더라면, 종종 시간을 잊은 채 템스 강변을 같이 산책했더라면, 서로의 존재로부터 시선을 거두어 잠시나마 갤러리를 채운 작품 속에서 딴 세상을 발견했더라면, 그리고 나라와 인권의 존엄성을 지켜내기 위해 날마다 고된 시위 현장으로 달려가는 이들을 옆에서 지켜봤더라면…….

창가에 서서 비가 그친 풍경을 보다가 휴대폰을 들어 0번을 길게 눌렀다. 신호음이 들리기 전에 얼른 꺼 버린다. 아직도 규칙을 어길 만큼 용기가 나지 않는 이유는 대체 무엇인가. 다시금 복잡한 생각들이 얽혀 들었다. 지금 인혜는 남편과 함께 침대에 있을 시간이다. 남편을 본 것은 딱 두 번이었다. 한 번은 결혼식장의 먼발치에서, 또 한 번은 대선이 있기 며칠 전 보수 정당 대선 후보 지지 연설을 위해 나온 TV에서였다. 결혼식장에서 제대로 보지 못했던 얼굴을 TV는 노골적이고 자세하게 보여주었다. 메이크업과 스타일링 효과 때문이었는지는 모르겠지만 화면상으로 만나는 얼굴에서는 다행히 인혜의 안위를 걱정하게 할 만큼 사악하거나 비정한 이미지는 묻어나지 않았다. 그는 차분하되 단호한 어조로 자신이 지지하는 대선 후보와의 특별한 인연과 정치관, 인간됨, 그리고 대통령으로 당선돼야 하는 이유에 대해 20여 분에 걸친 연설을 이어갔다. 처음이었다. 정치 관련 연설을 처음부터 끝까지 그토록 몰입해서 본 것은. 그 후로 나는 대선이 끝날 때까지 TV를 켜지 않았다. 그가 지지했던 대선 후보는 대통령에 당선됐다.

TV를 통해 그녀의 남편과 만난 다음 날 나는 항우울증 효과가 있는 신경안정제를 처방받았다. 그 대단한 남편과 어떤 밤을 보내고 있을지 부질없는 상상이 고개를 쳐들 때면 그마저도 약효가 떨어져 두통약을 함께 복용했다. 그러면 편안히 길고도 까마득한 잠 속으로 빠져들 수 있었다.

나는 가방에서 신경안정제와 두통약을 꺼냈다. 지금은 깊은 잠에 빠지면 안 된다. 잠깐 망설이다가 신경안정제는 도로 넣어 두고 두통약 뚜껑을 열었다. 물과 함께 알약을 삼킨 후 버릇처럼 머리를 좌우로 세차게 흔들었다. 뇌에 박힌 생각이란 놈은 뿌리가 참 단단하다. 어쩔 수 없다. 절대 인력으로 이길 수 없는 상대다. 인혜의 남편도, 생각이란 놈도.

약속 시각보다 일찍 도착한 나를 첸은 반갑게 맞아주었다. 캡슐 화장실에서 나눈 은밀한 추억이 생긴 후로 나 역시 그가 전보다는 더 친밀하게 여겨졌다. 내 어깨에 손을 올린 채 자신이 좋아하는 타입은 전혀 아니니 걱정 말라던 첸의 농담 덕분이기도 했다. 10년 가까이 잡지 기자로 살아오면서 일 때문에라도 적잖은 게이들과 알고 지내긴 했지만 데런과 첸은 다른 느낌이었다. 국적도 다르고 생김새도 다르건만 한국 게이들에게서도 느끼지 못했던 친근함이 전해지곤 했다.

"그러다 너도 커밍아웃하는 거 아니야? 참아줘. 안 그래도 런던은 다국적 게이들로 넘쳐난다고."

데런은 진심으로 내 커밍아웃이 걱정된다는 표정으로 말했다. 차를 앞에 놓고 그 애기를 첸에게 전했다.

"나도 그건 반대야. 같은 동양인인 너와 경쟁하기는 싫거든. 그리고 우리는 같은 조상의 핏줄이잖아."

살짝 눈을 흘기며 말하는 그의 입술에 붉은 피딱지가 앉아 있었다. 그제야 상처를 발견한 나는 무슨 일이냐고 물었다.

"어제 집회하는데 한 중년 남자가 주먹을 날리지 뭐야."

그는 아무렇지 않다는 듯 덤덤하게 말했다.

"호모포비아?"

"아니, 훌리건. 어제 축구 경기에서 첼시가 맨유한테 역전패 당했거든."

첸은 그냥 단순한 화풀이였다고 했지만 말을 하는 중간중간 눈을 찡그리며 손을 입가로 가져갔다. 훌리건들이 모여 있는 줄 알았으면 그쪽으로 가지 않았을 텐데 자신들이 부주의했던 탓이라고 했다.

"사람들이 보면 우리 둘이 싸운 줄 알겠어."

첸은 내 광대뼈에 난 생채기를 가리키며 철없는 아이처럼 웃었다.

오늘은 이곳 갤러리에서 내게 사진을 주었던 작가를 인터뷰하기로 돼 있었다. 편집장은 사진작가와 행위예술가가 컬래버레이션으로 풀어낸 작품과 함께 아티스트 인터뷰를 싣겠다는 것, 그리고 곧 오픈할 데런의 향수 숍을 핫플레이스 꼭지에 넣겠다는 내 메일에 '브라보'라고 회신했다.

첸과 짧은 수다를 떠는 사이 시간에 맞춰 작가가 도착했다. 검정색 비니를 쓰고 천으로 된 백팩을 멘 채 나타난 그는 검은 수염 때문인지 첫인상이 매우 강해 보였다. 악수를 하면서 쳰이 두 사람을 서로에게 소개했다. 그의 이름은 하마드. 아부다비 출신이었다.

"백인의 세상에서 환영받기 힘든 이방인 세 사람이 모였군."

쳰이 던진 한 마디에 하마드가 고개를 크게 끄덕이며 웃었다. 거칠어 보이기만 하던 얼굴에서 의외로 시골 사람 같은 순박한 표정이 나왔다. 첫인상만 보고 인터뷰를 어떻게 풀어가야 하나 걱정됐던 마음에서 긴장을 한 움큼 내려놨다. 안식월에 런던까지 와서 인터뷰하겠다고 앉아 있는 내 자신이 조금 처량하게 여겨지기도 했다. 그런 속내를 알아챘는지 쳰이 런던으로 휴가를 왔다가 예정에 없던 인터뷰를 하게 된 것이니 지금 이 만남은 아주 특별하다는 것을 강조했다. 나는 쳰을 향해 땡큐를 잊지 않았고, 하마드는 영광이라는 말로 예의를 차렸다.

알고 보니 하마드는 나와 쳰보다도 런던에서 훨씬 오래 살았다. 열다섯 살 때 사진을 공부하기 위해 유학을 와 현재 주목받는 사진작가로 활동하고 있는 그는 런던을 제2의 고향이라고 말했다. 나는 양해를 구하고 휴대폰을 꺼내 녹음 기능을 켰다. 가볍고 시시콜콜하던 이야기가 본격적인 사진 얘기로 흐르기 시작하자 쳰은 조용히 일어나 자리를 비켜주었다.

"내가 리치몬드에 특별한 관심이 있는데 당신 사진이 날 멈추게 만들었어요. 왜 리치몬드에서 작업을 했나요?"

"리치몬드는 내가 작업한 수많은 런던 중 한 곳일 뿐이에요. 당신이 가진 이야기가 우연히 나의 리치몬드를 당신의 리치몬드로 만든 것이죠. 그게 예술이에요."

"왜 영국 런던이었죠? 열다섯 살 때 당신에게는 더 많은 선택이 있었을 텐데."

"버트 하디Bert Hardy 1913~1995. 영국 〈픽처 포스트〉지의 종군 사진가이자 보도 사진작가로 한국전쟁 당시에도 활약했다. 사진이 절 이곳으로 이끌었어요. 더 정확히 말하면 버트 하디의 1948년 작 '레이스터의 아름다운 소녀들'이라는 작품이었죠. 그 사진 속 런던 풍경은 지금 봐도 매혹적이에요."

"미안해요. 버트 하디는 알지만 난 그 사진을 못 봤어요. 더 구체적으로 설명해줄 수 있나요?"

"버트 하디가 이렇게 말했죠. '내가 보는 모든 곳이나 내가 보는 대부분의 시간에서 나는 사진이 보입니다'라고요. 열다섯 살 된 어린 하마드가 보아온 많은 사진 가운데 '진짜 사진'이 보인 거죠."

"직접 런던에 오니 그처럼 모든 공간과 시간에서 사진이 보이던가요?"

"와우, 어려운 질문이군요. 버트 하디의 사진은 현상으로부터 이야기를 만들어내요. 그 이야기는 작은 사진 속에 플롯을 구축하죠. 마치 연극 무대처럼. 그는 한국전쟁 당시 찍었던 보도사진으로도 유명한데, 그때 사진들을 봐도 앵글 바깥세상에서 펼쳐지고 있는 전쟁의 비극적인 스토리가 사진 한 장에 다 담겨 있어요."

"질문보다 설명이 더 어렵군요."

"그가 시간과 공간 속에서 사진이 보인다고 했던 건 자신이 담고자 했던 이야기가 탄생할 수 있는 절묘한 타이밍을 잡아내는 능력이 있었기 때문에 가능했던 거예요."

"앙리 카르티에 브레송Henri Cartier Bresson 1908~2004. 프랑스 출신의 세계적인 사진작가.의 '결정적 순간'처럼요?"

"틀린 얘긴 아니에요. 하지만 브레송 작품이 정지된 순간으로부터 상상력을 창조한다면 버트 하디 사진들에는 더 연속적이고 드라마틱한 이야기가 담겨 있어요. 그리고 그 이야기들은 보는 이들이 지닌 그들만의 이야기에 따라 무수히 재해석되죠."

"모든 예술은 다 재해석되는 것 아닌가요? 시나 소설도 읽는 이들에 따라 모두 다르게 해석되는 것처럼."

"맞아요. 하지만 재해석되는 것은 스토리가 아니라 메시지인 경우가 대부분이에요. 버트 하디 사진은 스토리 자체가 재해석되는 마술을 부리죠. '레이스터의 아름다운 소녀들'을 보고 있으면 당시 런던의 역사와 풍경이 보내는 메시지보다 이 소녀들에게 담긴 은밀한 이야기를 상상하게 되는 것. 그것이 브레송과 하디가 다른 점이죠."

"흠. 여전히 어렵군요. 좋아요. 그럼 런던으로 돌아오죠. 당신은 런던의 시간과 공간에서 어떤 이야기를 담아내고 싶은가요?"

"리치몬드 사진을 찍을 때 사실 사슴은 계획에 없었어요. 함께 작업한 행위예술가가 보디 페인팅을 한 채 풀 위에 웅크리고 앉아 있었고, 전 앵글을 맞춘 후 해가 넘어갈 때쯤의 자연광을 담기 위해 기다리고 있었어요. 그때 갑자기 마법처럼 사슴 한 마리가 다가온 거예요."

"의도되지 않은 거였군요."

"맞아요. 그게 소설이나 영화 속 이야기와 삶 속에서 일어나는 이야기의 차이예요. 다른 미디어와 사진이라는 미디어의 차이이기도 하고. 본질적으로 다른 거죠. 아마 사슴이 등장하지 않았다면 그 사진은 완전한 이야기가 되지 못했을 거예요. 버트 하디 사진을 보세요. 항상 예상치 못한 이야기가 펼쳐지고 있다는 걸 알게 될 거예요. 그건 한계를 넘어서는 기다림 끝에 신이 주는 축복과도 같은 선물이죠."

"모든 기다림이 축복으로 끝나는 건 아니죠. 미안해요. 바보 같은 얘기였어요."

"전혀. 당신이 했던 얘기 중에서 가장 마음에 드는걸요. 축복받지 못한 채 버려지는 컷들이 더 많으니까."

"당신이 말하는 소설이나 영화 속 이야기와 삶의 이야기의 차이는 어떤…… 우연성에 기인하는 것이라고 생각하면 되나요?"

"비슷해요. 우리 삶이 뜻대로 되는 게 있나요? 사진이라는 예술도 뜻대로 되는 게 아니라는 발상으로부터 제 이야기는 시작된다고 생각하면 돼요. 어차피 메시지는 보는 사람 몫이에요. 하지만 이야기는 철저히 작가 몫이죠."

대화가 관념적이고 추상적으로 흐르기 시작하면서 영어 표현을 이해하는 것도, 질문을 만들어 하는 것도 한계를 느끼기 시작했다.

"다시 한 번 미안하다고 해야 할 것 같네요. 제 영어 실력이 좋질 않아서 인터뷰가 쉽질 않아요."

그러자 하마드가 말했다.

"나도 어려운 질문 계속하면 주먹을 날리려고 했어요. 실은 나 역시 무슨 얘길 하는지 혼란스러워지기 시작했거든요. 아, 이건 오프더레코드."

옆에서 가만히 듣고 있던 첸이 웃음을 터뜨렸다.

"사실 인터뷰는 중요하지 않아요. 한국을 대표하는 잡지에 내 작품들과 이야기가 실릴 수 있다면 그걸로 충분해요. 아직은 세상에 나를 알릴 수 있는 지면이 많지 않거든요."

이후로도 10여 분 정도 얘기가 이어졌지만 신변잡기적인 일상 대화 수준이었고, 그것이 서로를 더 편하게 했다. 내가 너보다 잘났다는 걸 보여주기 위해 경쟁적으로 형이상학적인 단어들을 쏟아내기 마련인 인터뷰는 가끔 자존감이 아닌 역겨움을 남길 때가 있다. 자존감에서 역겨움으로 넘어가기 직전에 우리는 웃으며 타협했다. 중요한 건 사진 그 자체라는 하마드 말로 인터뷰는 끝을 맺었다.

그때까지는 분위기가 좋았다. 하마드가 가방에서 꺼낸 포트폴

리오를 한 장 한 장 넘기며 보던 나는 기계적으로 페이지를 넘기다 말고 어느 순간 그대로 멈췄다. 사진 한 장이 내 숨을 멎게 했다. 그 안에 담긴 이야기와 우연성이 빚어낸 예기치 못한 상황에 나는 그저 할 말을 잃고 말았다.

테이블 위에는 리치몬드 사진 옆에 또 다른 사진 한 장이 자리하고 있다. 비가 내리는 어느 날 붉은 벽돌로 된 아파트 2층 창가에서 한 여인이 밖을 내다보고 있는 사진. 어둑해지기 시작한 초저녁, 별다른 조명 없이 아파트 건너편 길거리에서 상향 뷰로 촬영한 흑백 사진은 상당히 먼 거리와 왜곡된 앵글, 낮은 조도와 심한 노이즈 때문에 창가 여인의 얼굴을 정확히 알아볼 수 없는 상태였다. 거친 느낌으로 가득한 사진은 아파트 풍경과 여인의 얼굴에 유화 같은 탁한 질감을 부여하고 있었다.

전기에 감전된 듯 입을 반쯤 벌린 채 사진을 보고 있던 나에게 하마드는 괜찮으냐고 여러 번 물어봤다. 그는 이것이 지금은 호텔이 된 쇼디치의 붉은 벽돌 아파트가 맞다고 확인시켜 주었다. 자신이 본격적으로 사진 작업을 시작했던 초창기, 아주 오래전 작품이라는 것과 그 근처에 몇 년 동안 살았기 때문에 붉은 벽돌 아파트를 자신 역시 잘 알고 있다는 것도.

이해 안 될 내 행동을 이해시키기 위해 나는 어쩔 수 없이 또 한 번 고백을 해야 했다. 촬영한 연도는 우리가 그곳에 머물렀던 시기와 대략 맞아떨어졌다. 하마드 역시 사진 속 여인이 내가 말하는 인물이 맞는지는 모르겠지만 매우 놀라운 이야기라고 말했다. 그는 아날로그 카메라로 찍어 보관해 두었던 필름을 주겠으니 캠든 타운Camden Town에 있는 작업실로 오라고 했다. 프린트가 아닌 필름을 준다는 건 원본을 넘기겠다는 의미다. 마음은 고맙지만 필름을 받을 수는 없다고 하자 하마드는 내 어깨에 손을 얹고는 런던이 주는 축복의 선물이라고 말했다.

하마드가 다른 일정이 있어 일단 호텔로 돌아왔던 나는 잠시 쉬었다가 오후 시간에 맞춰 캠든 타운으로 향했다. 하마드가 버스 편을 친절하게 설명해주었지만 리젠트 스트리트Regent Street 세인트 제임스 파크에서 피카딜리 서커스를 지나 리젠트 파크까지 연결되는 쇼핑 거리.까지 가서 갈아타야 했고 마침 튜브 노조 파업이 끝났다는 어제 뉴스 보도가 있었던 터라 조금 걸어 리버풀 역으로 갔다. 토요일이라 그런지 오후 세 시경의 역사는 며칠 전 모습과 달리 사람들로 북적였다. 인혜는 서울 전철보다 훨씬 비좁고 답답한 튜브 타는 걸 가장 끔찍해 했다. 한두 번 시도했다가 식은땀 흘리며 고생하는 걸 보고 난 후 나 또한 튜브를 이용하는 일이 거의 없어졌다.

누군가는 뉴욕과 런던 지하철을 세상에서 최악으로 꼽기도 하지만 런던 튜브는 스케치 레스토랑의 화장실만큼이나 기묘한 안락함을 준다. 번잡스러운 소음은 가끔 마음속 잡념을 없애는 백신 같은 역할을 한다. 무어게이트Moorgate 역에서 북쪽 라인으로 갈아탔을 때는 빈자리가 있어 잠시 앉았다. 시끄러운 전동차 소리와 사람들 떠드는 소리가 자장가처럼 들려 살짝 졸음이 몰려왔다. 머리를 뒤 창에 기대고 눈을 감았다. 눈을 감으면 인혜 생각에 사무쳐 잠자리에 드는 것도 두려웠는데 되레 이곳에선 어떠한 강박적인 잡념도 찾아들지 않는다. 집중하지 않으니 영어도 언어가 되어 다가오지 않았다. 사람도 생각도 내게 말을 걸지 않는 이런 순간을 만나는 게 언제부터인가 길바닥에서 돈 줍는 일보다 더 희귀한 행운이 돼 버렸다. 주변에서 나는 소음이 노래 같기도 하고 귓속을 간질이는 속삭임 같기도 하다. 노곤해지는 정신. 곧 내려야 하는데…….

잠깐 눈을 감고 있었을 뿐인데 선명히 들려오는 우드사이드 파크Woodside Park 라는 이름에 번쩍 눈이 뜨였다. 맙소사. 15분 넘게 졸았다. 튜브는 그사이 북쪽 라인 거의 끝에 다다랐다. 문이 닫히기 직전에 본능적으로 튕기듯 뛰쳐나갔다. 서울에서도 안 해본 짓을 참 다양하게 하고 있는 나의 꼴이란. 서둘러 반대편 방향 튜브로 갈아탄 나는 빈 좌석이 있는데도 앉지 않았다. 아까와는 달리 몸과 마음이 긴장하기 시작했다. 다행히 워낙 일찍 출발했던 탓에 캠든 타운 역에 도착했을 때 아직 10분 정도 여유가 남아 있었다.

전화를 걸자 하마드는 작업실까지 가는 길을 자세히 일러주었다. 하마드가 알려준 대로 벅 스트리트Buck Street를 따라 늘어선 캠든 마켓 앞을 지나 천천히 걸었다. 지나다니는 사람들과 상점에 걸려 있는 상품들만 봐도 이곳이 고스족과 펑크족의 발생지라는 것을 어렵지 않게 알 수 있었다. 쇼디치 브릭레인 마켓과 노팅힐 포토벨로 마켓은 몇 번 가봤지만 이곳은 와볼 기회가 없었다. 브릭레인 마켓과 포토벨로 마켓이 시장 본연의 임무에 충실한 곳이라고 한다면 이곳은 마켓을 가장한 문화의 거리 같았다. 진열돼 있는 물건들은 일관성을 찾기가 힘들었지만 한 번쯤 손대보고 싶게 만드는 호기심을 불러일으켰다. 브릭레인과 노팅힐보다는 충동구매 욕구가 덜 자극받는 대신 눈은 충분히 즐거워지는 곳이었다.

헬러윈 데이 때마다 가장 생각나는 곳이었지만 우리의 헬러윈은 늘 생일이나 밸런타인데이, 크리스마스 때와 별반 다를 바가 없었다. 신선한 이벤트 없이도 인혜와 나는 행복하게 촛불을 껐고 케이크를 잘랐으며, 와인 잔을 부딪쳤고 달달한 키스를 나누었다. 기념일 때마다 페티그레인 향수를 선물하는 내게 인혜는 한 번도 투정을 부리거나 화내지 않았다. 시끌벅적한 마켓이나 그럴싸한 레스토랑에 가지 않아도 특별할 수 있는 시간들이었다.

인혜가 없는 상태에서 내게 일어나고 있는 일련의 변화들은 나를 설레게도 하고 답답하게도 했다. 그녀에게 전혀 예기치 못한 선물 - 이 될지도 모르는 - 을 선사하기 위해 나는 지금 생전 처음 캠든 타운을 걷고 있다. 사진 속 여인이 자신이 맞는지 인혜조차 분간을 못할 수 있겠지만 어차피 확인 불가능한 과거는 자신이 판단하고 생각하기에 따라 현재의 의미를 새롭게 획득한다. 그녀도 나도 믿으면 될 일이다. 믿으면 선물이 되고 믿지 않으면 쓰레기가 될 것이다. 모든 사람의 관계가 그러하듯.

작은 아틀리에를 연상시키는 하마드의 작업실은 3층이어서 벽 스트리트가 한눈에 내려다보였다. 번잡스러운 시장통에 있다는 게 실감이 나지 않을 정도로 조용하고 안락한 곳이었다. 모처럼 드러난 햇살이 방 가득 비쳐 들었고, 나무 바닥 위에 질서 없이 놓여 있는 초록색 스툴은 그 자체로 오브제 같아서 앉기가 미안할 정도였다.

하마드가 차를 내오기 위해 2층 주방으로 내려간 사이 나는 창가에 서서 거리를 내다봤다. 런던에 온 후 이렇게 눈부신 오후 풍경은 처음이었다. 1층 베이커리 안쪽을 통해 들어와야 하는 게 유일한 단점이었지만 아래에서 솔솔 올라오는 빵 굽는 냄새마저 이 집에 한없는 낭만을 불어넣고 있었다. 이런 곳에서라면 인혜도 공황장애 걱정 없이 사람 구경과 즐거운 시장 분위기를 동시에 만끽할 수 있지 않을까. 하마드가 홍차와 브라우니를 들고 올라오자 오는 길에 산 꽃 한 다발을 건넸다.

"아티스트라서 뭘 사 들고 와야 할지 고민됐어요. 다행히 이곳과 잘 어울릴 것 같아요."

그는 진심으로 감사한 표정을 지으며 베란다 화단에 놓여 있던 파란색 철제 물뿌리개를 가져다 꽃을 꽂았다. 그러고는 멋진 화병으로 변한 물뿌리개를 들어 보이며 엄지손가락을 치켜세웠다.

"미안해요. 제인 패커Jane Packer 제인 패커가 만든 럭셔리 플라워 브랜드.가 아니라서."

"제인 패커의 꽃에선 향기가 아니라 돈 냄새가 난다는 소문이 있는걸요."

런더너가 되기 위해서라면 영국식 영어는 못해도 때와 상황을 가리지 않는 유머를 자유자재로 구사할 줄 알아야 하는 모양이다. 오히려 그는 이곳까지 오게 해서 미안하다고 했다.

"이 훌륭한 홍차와 브라우니만으로도 내가 이곳에 올 이유는 충분해요."

빈말이 아니었다. 스케치에서 맛본 비싼 디저트들보다 훨씬 좌뇌를 자극하는 맛이었다. 브라우니는 늘 아래 베이커리에서 만들자마자 사온다고 했다. 홍차에 우유를 섞겠느냐고 묻기에 적잖은 한국 남자 입에는 밀크티가 끔찍한 맛이라고 말했다. 맑고 쌉싸래한 홍차가 나른하던 심신을 기분 좋게 깨우는 느낌이었다.

"그럼 그녀를 위해 리치몬드로 갈 계획인가요?"

"첸이 알아봐주었는데 리치몬드로 가긴 힘들 것 같아요. 지금으로서는 쇼디치에서 그녀를 기다리는 게 내가 할 수 있는 유일한 일이죠."

하마드는 말없이 홍차를 마셨고 나는 절망적인 얘기를 하면서 브라우니를 두 조각이나 먹어 치웠다. '단것에 대한 예찬'이라는 주제로 썼던 예전 기사가 떠올랐다. 가장 예찬하고 싶은 단것을 물어봤던 설문에서 2위가 마카롱이었고 1위가 브라우니였다. 나는 브라우니를 한 번도 먹어 보지 않은 채 브라우니에 관한 기사를 썼다. 이 얘기를 전하자 브라우니가 1위를 차지한 이유가 무엇이냐고 하마드가 물었다.

"많은 이유 중에서 인상적이었던 답 하나가 있었는데, 빌려준 돈을 갚지 않아 화가 나서 찾아갔다가 브라우니 한 조각을 먹고 그냥 되돌아왔다는 내용이었어요."

"오, 그건 채무자 입장에서의 예찬이라고 해야겠군요. 당신은 어때요?"

"제 입장에서는 언제 올지 모르는 연인을 잠시 잊게 해주는 '단것'이라고 해야겠네요. 방금 두 조각이나 먹어 치웠잖아요. 누군가에게 위로나 격려를 해주어야 한다면 이제 말 대신 브라우니 두 조각을 사주겠어요."

절망적인 얘기에 위트를 섞을 수 있게 된 것은 분명 '단것'이 가져다준 여유였다. 하지만 먹을 때의 황홀함을 금세 망각하게 만드는 텁텁함이 입안에 잔뜩 남는다는 것이 문제였다. 나는 적당히 식은 홍차를 몇 모금 마셨다. 텁텁함이 조금씩 쓸려 넘어갔다. 브라우니와 홍차는 상당히 괜찮은 조합이다. 이런 단순하고도 절묘한 매칭에 질투가 났다. 서로 달고 쓴 맛을 적당히 상쇄시킬 수 있는 궁합. 사람 사이에서는 가장 어려운 일.

"호텔은 그녀와 시간을 보내기에 낭만적이지 못해요. 괜찮다면 마지막 며칠은 여기 와 있어도 돼요. 3층에 비어 있는 방이 하나 있어요."

나는 들고 있던 잔을 테이블 위에 조심스럽게 올려놓고는 무슨 의미냐고 물었다.

"내 사진 속 이야기의 주인공을 만나기란 흔치 않은 일이잖아요. 무엇이든 도움이 되고 싶어요."

"당신의 배려는 고맙지만 그녀가 맞는지 아직 확실치도 않은걸요."

그때였다. 조용하던 바깥이 소란스러워지기 시작했다. 하마드가 창밖을 내다보더니 웃으며 말했다.

"저 친구는 주말 오후에도 바쁘군."

나도 일어나 창가로 갔다. 저만치 티베트인 시위대 속에 첸이 보였다. 오늘은 캠든 타운 주변에서 티베트 독립 집회가 있을 거라고 했던 말이 그제야 생각났다. 동성 결혼 합법화 집회는 주로 국회의사당이나 피카딜리 서커스 같은 중심가에서 하는 것과 달리 티베트인 집회는 독립에 대한 목소리와 티베트의 현실을 알리기 위해 런던 곳곳을 돌아다니며 이루어지고 있었다.

주말이라 그런지 오늘은 평소보다 많은 사람들이 모인 듯했다. 하마드가 몇 번 반복해서 소리를 치자 첸이 함께 있는 나를 올려다보고는 반갑게 손을 흔들었다. 갑자기 하마드가 카메라를 가져와 사진을 찍기 시작했다. 보기 드문 구식 필름 카메라였다. 거칠면서도 깊고 그윽한 질감을 담은 포트폴리오 속 흑백사진들이 모두 저 고물 같은 작은 사진기에서 나왔다고 생각하니 한 번 더 눈길이 갔다. 주말에도 시위 현장에 있는 첸을 보면 여기에서 한가롭게 차나 마시고 있는 내가 부끄러워진다고 말하자 하마드는 지금 이 대비로부터 이야기가 시작된다고 말했다. 첸은 저 아래에, 우리는 이 위에 있기 때문에 또 하나의 이야기가 만들어지는 거라고.

"첸은 내가 아는 가장 똑똑하고 빛나는 게이예요."

'빛나는'이란 단어가 햇살을 받아 산란하는 물고기의 비늘처럼 첸의 머리 위 허공에서 반짝였다. 데런이 이 말을 들으면 뭐라고 할까. 시위대는 일정한 속도로 하마드의 집 앞을 통과해 반대편으로 멀어져 갔다. 하마드는 카메라로, 나는 눈으로 첸이 점만큼 작아질 때까지 좇았다. 그 몇 분 사이 하마드가 빛난다고 했던 표현에 감정적으로, 심정적으로 완벽하게 동화되는 경험을 했다. 하나의 어휘에 담긴 근원적인 의미를 비로소 온전히 깨우치게 됐다고 할까. 그것은 말로는 설명할 수 없는 느낌이었다.

대로변이 다시 잠잠해지자 하마드는 카메라를 내려놓고 서류가방처럼 생긴 커다란 검은색 박스를 들고 왔다. 다이얼식으로 돼 있는 비밀번호를 풀고 가방을 열자 여자들이 사용하는 메이크업 박스처럼 층층이 나뉘어 있는 세 개의 단이 계단식으로 차르르 올라왔다. 그 안에는 슬라이드 필름 수백 장이 연도별로 정리돼 가지런히 꽂혀 있었다. 안쪽으로 스피커 모양을 한 작고 동그란 구멍 두 개가 나 있었는데 내부 습도를 조절하는 장치라고 했다. 하마드는 처음부터 손가락으로 천천히 훑어 가다가 슬라이드 필름 하나를 꺼내 내게 건넸다. 바로 그 사진이었다.

필름을 비춰 보기 위해 창가로 가려는 나를 하마드가 붙잡더니 한쪽 책상을 가리켰다. 구석에 슬라이드 필름을 볼 수 있는 라이트 박스와 루페가 있었다. 앞에 놓인 나무 의자에 앉아 필름을 올리고 라이트 박스의 불을 켠 다음 루페에 오른쪽 눈을 갖다 댔다. 해상도가 좋진 않지만 확대경을 통해 보는 사진은 어딘지 좀 더 입체적이고 실감 나게 보였다.

느낌으로는 인혜가 맞는 것 같았지만 하마드 말처럼 초점까지 빗나가 상태가 너무 안 좋았다. 피사체를 덮고 있는 뿌연 막 하나만 벗겨내면 될 것 같은데. 만약 디지털카메라로 찍은 사진이라면 데이터 후보정을 통해 어느 정도 손을 쓸 수도 있을 것이다. 물론 디지털 사진은 아날로그 카메라가 만들어내는 독특한 질감을 절대 따라올 수 없겠지만.

"얼굴은 알아볼 수 없어도 다른 건 가능하지 않나요? 이를테면 머리카락 길이라든가 입고 있는 옷 색깔이라든가."

내가 가장 답답한 것이 그것이었다. 인혜의 머리카락이 얼마나 길었고 어떤 모양이었는지, 사진 속 여인의 옷과 비슷한 옷이 인혜에게 있었는지 전혀 기억해낼 수가 없었다. 기억에 없다는 건 인혜가 아니라는 방증이 아닐까 싶어 불안해지기도 했다.

"기억을 과신하지는 말아요. 운명만큼이나 장난이 심한 게 기억이니까."

하마드가 던지는 말 한 마디에 파도를 타는 배처럼 이리저리 출렁거리는 마음이 순간 한심하게 생각됐다. 그에게 진심으로 고맙다는 말을 전했다. 하마드는 사랑하는 여인에게 사진을 전할 수 있다면 자신이 더 기쁠 거라면서 슬라이드 필름을 낱장용 플라스틱 케이스에 담아주었다. 자리에서 일어서는 나와 악수를 나누면서 이곳에 머무는 것에 대해 진지하게 생각해 보라고 다시 한 번 말했다.

하마드와 헤어진 나는 1층 빵집을 나오려다가 오랜만에 프룬 브라우니가 보이기에 한 봉지 샀다. 인심 좋아 보이는 주인장은 하마드 친구라고 생각했는지 덤으로 한 개를 더 넣어주었다. 물가 비싸기로 유명한 런던이지만 브라우니는 서울보다 쌌다. 브라우니가 담긴 종이봉투를 들고 밖으로 나오니 눈부시던 햇살은 온데간데없고 그새 짙은 먹구름이 몰려와 있었다. 얘기 나누느라 구름이 밀려오는지 해가 들어가는지 전혀 의식하질 못했다.

아니나 다를까. 몇 걸음 걷지 않았는데 후드둑 비가 들기 시작했다. 곧이어 제법 굵은 빗방울이 떨어졌다. 손에 들고 있던 필름 케이스와 브라우니 봉지를 양쪽 주머니에 넣고 손바닥으로 머리를 가린 채 종종걸음을 쳤지만 비는 걷는 속도보다 훨씬 빠르게 거세졌다. 런던에서 이렇게 굵은 빗줄기는 처음이었다.

나는 앞에 보이는 마켓 입구로 뛰어들어갔다. 다소 복잡하게 얽혀 있는 벽돌 건물들 사이사이로 비를 피할 공간은 충분했다. 어둑해진 마켓 안에는 비 때문인지 사람들이 많지 않았고 부랴부랴 문을 닫는 곳도 적지 않았다. 골동품을 파는 빈티지 숍과 작은 식당들을 지나 안쪽으로 더 들어가니 중세 시대 시장 골목처럼 더욱 미로 같은 길들이 나타났다. 위가 뚫려 있는 공간마다 비가 계속해서 세차게 쏟아져 들어왔다.

잠깐 들어가서 차라도 한 잔 마시며 기다리고 싶었지만 그럴 만한 곳은 보이지 않았다. 피시앤칩스 가게가 하나 보여 앞에서 망설이고 있는데 주인으로 보이는 뚱뚱한 중년 남자가 황급히 나오더니 밖에 있던 의자를 들이고 정리를 하기 시작했다. 하나 둘 불이 꺼지거나 셔터가 내려가고 있는 마켓 안은 대로에서 봤을 때와 다른 을씨년스러운 분위기만 흘렀다. 빗물이 고이기 시작한 흙바닥은 순식간에 진흙탕으로 바뀌어 발을 잘못 디디면 낭패를 볼 것 같아 제대로 걷는 것조차 쉽지 않았다. 비는 여간해선 그칠 기세가 아니었다. 이럴 바엔 그냥 뛰어서라도 지하철역으로 가는 게 낫겠다는 판단이 들었다.

나는 방향을 돌려 다시 되돌아 나갔다. 지형지물을 살필 새도 없이 정신없이 걸어 들어왔던 탓에 나가는 길이 헷갈리기 시작했다. 어느새 길 이곳저곳에는 크고 작은 물웅덩이가 생겨나 있었고 불과 20여 분도 안 돼 빗물이 역류하는 곳도 생겨났다. 웅덩이를 피해 걷는 게 불가능해지자 나는 포기하고 진흙탕을 밟고 지나갔다. 얇은 스니커즈 안으로 삼투압이 작용하듯 서걱서걱한 흙물이 빠르게 스며들었다. 어떤 곳은 발등이 잠길 정도로 물이 불어나 있었다. 사태가 그쯤 되자 시장 안은 아수라장으로 변하고 말았다. 상점 대부분이 문을 닫았고 몇 남은 사람들은 이리저리 뛰어가느라 서로 부딪히거나 넘어지기도 했다.

한참을 헤매던 나는 도리 없이 세차게 쏟아지는 빗줄기 한가운데에 서 버렸다. 도저히 길을 찾을 수가 없었다. 신발과 양말뿐 아니라 무릎 위까지 바지가 젖었고 외투는 빗물을 먹어 묵직하게 어깨를 누르고 있었다. 나는 필름 케이스가 들어 있는 주머니에 손을 넣어 봤다. 옷이 다 젖는다 해도 필름은 플라스틱 케이스에 들어 있으니 괜찮을 거다.

계속해서 앞을 분간할 수 없을 정도로 비가 내렸다. 어디로 가야 할지 물어볼 사람조차 보이질 않았다. 이 정도 비라면 런더너라도 우산 없이는 안 되겠지. 춥고 몸이 떨렸다. 사진 속 여인도 이 한기를 고스란히 느끼고 있을 것만 같았다. 주머니 속으로 손을 넣어 필름 케이스를 꽉 감싸 쥐었다. 잊고 있던 두려움이 다시 밀려왔다. 비 때문인지 무엇 때문인지 모를 두려움. 지금 이 시간 인혜는 무얼

하고 있을까. 나에게 연락해야 한다는 사실을 잊은 건 아니겠지. 런던으로 와야 한다는 사실을. 본능적으로 휴대폰을 꺼냈다.

"데런, 나 길을 잃었어. 어디로 가야 할지 모르겠어. 도와줘……."

전화를 받고 놀란 데런은 거기 그대로 있으라고 전한 뒤 전화를 끊었다. 웅덩이에 빠진 나의 두 발은 더 이상 움직이지 않았다. 브라우니가 담긴 종이봉투는 흠씬 젖어버린 뒤였다. 불행은 내가 가장 안전하다고 느끼는 순간에 유유히 출발선을 떠난다.

일렁이는 세상, 퍼트니

어제 캠든 타운에서 만난 거센 빗줄기 속에서 가련한 중생을 구출한 데런은 덜덜 떨고 있는 나를 태우고 퍼트니Putney에 있는 자신의 집으로 왔다. 런던 도로 상당수가 침수된 탓에 이곳까지 오는 길도 난리였다. 불과 두 시간도 채 안 돼 벌어진 일이었다. 아침이 되자 비는 멈추었지만 뉴스에서 나오는 런던 곳곳의 모습은 처참했다. 많은 주민들은 비 피해로 근처 학교나 공공시설로 급히 대피를 한 상태였다. 지금까지 살면서 이 정도 물난리는 데런 역시 처음이라고 했다. 다행히 이곳은 고층 아파트라 이만한 홍수에도 문제없다고 어린애 달래는 아빠 어조로 말했다. 퍼트니는 최근 재개발과 더불어 도시 정비 사업이 한창 진행 중이라 배수 시설이 아주 잘돼 있다고 설명할 때는 분양 업체에서 나온 부동산 업자 같았다.

런던은 서울보다 비가 잦지만 폭우가 내리는 빈도는 서울이 더 많다고 하자 데런은 서울로 여행하고픈 마음이 35퍼센트 줄었다고 했다. 서울에서 만났던 폭우도 여러 번이었으나 내리는 비에서 살의를 느끼기는 처음이었다. 데런을 기다리는 30분 남짓한 시간 동안 머릿속에는 많은 상념이 스쳐갔다. 하지만 아침에 일어나자 떠오르지 않는 지난밤 악몽처럼 모두 증발해 버렸다. 남은 것은 온몸에 내리꽂히던 빗줄기의 거센 촉감과 섬뜩한 소리에 대한 기억뿐이었다. 이별 역시 살기 어린 어제의 폭우처럼 철저히 혼자 남겨질 잔인한 전제와 함께 다가오겠지.

아침에 눈을 뜨자 데런은 이미 일어나서 스크램블드에그와 토스트를 만들고 있었다. 넓고 큰 통유리창을 가진 거실에는 갓 내린 에스프레소 향이 그득했다. 아직 잠이 덜 깬 정신으로 데런이 건네준 커피를 받아 들고 창밖을 내다봤다. 리치몬드와는 비슷한 듯 조금 다른 느낌이었다. 멀리 보이는 템스 강 주변으로 말을 타고 있는 사람들이 보였다. 복장까지 완벽하게 갖춘 채 승마를 즐기는 한 노부부 모습이 이국적이다 못해 신비로웠다. 그들을 보고 있자니 어제 있었던 일들은 그저 형체 없는 허상이 돼 버렸다. 일요일 오전 풍경으로 이보다 더 좋은 그림은 없겠다는 생각이 들었다.

얼굴이 말끔한 데런과 달리 나는 씻지도 못한 채 식탁에 앉아 그가 차려준 아침을 먹었다. 어제 하마드를 만난 사연을 들은 데런은 신기한 우연이라고 했다.

"어쨌든 동양 여자인 건 확실하군."

커피를 마시며 슬라이드 필름을 전등 불빛에 비춰 보던 데런이 말했다. 인혜에 대해 은근히 궁금해 하는 눈치였던 그는 약간 실망한 것처럼 보이기도 했다. 테이블 위 한쪽에는 아직까지 축축하게 젖어 있는 브라우니 봉투가 놓여 있었다. 터진 봉투 사이로 삐져나와 있는 뭉개진 브라우니가 측은하게 보였다. 데런에게 묻고 싶었다. 브라우니가 더 측은해 보여, 내가 더 측은해 보여? 다행히 필름은 무사했다.

"이제 그 비싼 호텔에서 나와서 여기 와 지내는 게 어때? 넌 갑부가 아닌 걸로 알고 있는데."

처량해진 신세만큼 이 런던이 내게 베풀고자 하는 친절과 호의는 커지고 있었다. 한데 감사한 기분이 될 수만은 없었다.

"넌 그녀가 안 올 거라고 생각하는 거지?"

"난 네 미래에 대해 함부로 단정짓지 않아. 다만 네가 묵는 곳이 붉은 벽돌 아파트였다면 이렇게 말하진 않았겠지."

하마드 역시 자기 집에 머물러도 된다고 했다는 얘기에 하루 동안 두 가지 선택이 생겼다며 축하한다는 말을 덧붙였다.

"나는 네가 그녀에게 연락을 취해야 한다고 생각해."

가급적 인혜에 관한 얘기를 자제하던 데런이 오늘따라 적극적이다. 변화된 태도가 무엇을 의미하는지 모를 리가 없지만 딱히 들려줄 대답이 없었다. '조금만 더'라는 말밖에는.

TV에서는 간밤의 물난리가 동성애자들 집회 때문이라고 주장

하는 사람들 인터뷰가 나왔다. 그들은 동성 결혼 합법화를 요구하는 비도덕적이며 비윤리적인 시위를 왜 그냥 놔두는지 이해할 수 없다고 분개했다. 어떤 중년 신사는 동성 결혼은 절대 합법화될 수 없으며 신이 정해 놓은 원칙을 깨려는 모든 행위는 이 나라에서 몰아내야 한다고 주먹을 들어 보이며 소리쳤다. 그렇지 않으면 이런 대홍수와 같은 재앙은 시작에 불과할 것이라고. 인터뷰를 통해 동성애자들은 비를 부르고 물을 일으키는, 주술사보다 더 영험한 존재가 됐다.

데런이 옆에 있던 리모트컨트롤을 집어 TV를 끄고는 커피를 더하겠느냐고 물었다. 화가 났다거나 짜증이 난 표정은 아니었다. 오히려 깊이를 알 수 없는 무심함만 가득한 낯빛이었다. 때때로 첸을 힘들게 하는 것은 분노나 짜증이 아니라 저 무심함일지도 모르겠다는 생각을 해본다. 나는 5분의 1쯤 커피가 남은 잔을 그에게 건넸다. 에스프레소 캡슐을 머신에 넣고 버튼을 누른 후 커피가 추출될 때까지 기다리고 있는 데런의 뒷모습을 물끄러미 바라봤다. 며칠 전 술에 취해 호텔 방 창가에 서 있던 그때의 뒷모습과는 뭔가 달라 보였지만 명확한 느낌을 설명하기가 힘들었다. 누군가의 뒷모습을 보며 혼자 상상하거나 추측하는 소모적인 일은 그만해야 할 것 같다.

"네 향수를 위한 나쁜 향기는 찾았어?"

커피를 들고 오는 데런에게 잊고 있던 질문을 던졌다. 이제 오픈

이 멀지 않았으니 그의 첫 향수 컬렉션 준비가 어느 정도 진척됐는지 궁금하기도 했다.

"일단 모던 시프레Modern Chypre 쪽으로 정했는데 아마도 가죽 향이나 애니멀 노트 중 하나가 될 거야. 한데 가급적 합성 오일을 최소화하려고 하니 조금 애먹고 있어."

"설마 영화 〈향수〉처럼 사람의 가죽은 아니겠지?"

"오, 유진. 그런 잔인한 농담은 싫어."

몸을 부르르 떨며 진저리 치는 모습이 귀여웠다. 하마드 사진처럼 네 손에서 탄생하게 될 향수에도 특별한 이야기가 담겼으면 좋겠다고 했더니 그런 조언은 환영이라고 하며 웃었다.

"어쨌든 욕심대로라면 아주 비싼 결과물이 나오겠군."

"이봐. 내 숍은 본드 스트리트 까르띠에 매장 옆에 그것도 비슷한 크기로 지어지고 있어. 까르띠에 매장에 오는 고객들이 내 숍에도 올 거라는 말이야. 보틀과 패키지 하나도 놀랄 만큼 럭셔리해야 한다고."

"모던 시프레라고 하니까 샤넬 코코 마드모아젤이 떠오르는데? 그거 처음 론칭했을 때 시프레 악센트로 파출리Patchouli가 컴백하게 되는 계기가 됐잖아."

"정확해. 원래는 가브리엘 샤넬Gabrielle Chanel이 시프레와 오리엔탈의 조합으로 만들었던 건데 자크 폴주Jacques Polges가 흙냄새를 약간 빼고 포뮬러를 완전히 재해석했지. 누구는 전통적인 시프레 향이 아니라고 하지만 내가 원하는 것도 그런 거야. 시프레지만 시프레가 아닌 것으로 해석되는 향수."

"시프레…… 참 좋지. 기억을 가장 자극하는 향수야."

보도 자료 듣고 판에 박힌 인터뷰를 할 때는 전혀 느끼지 못했던 재미가 대화 사이로 끼어들었다. 시프레 노트에 거친 레더 노트나 애니멀 노트가 섞이면 어떤 향이 나올지 상상만으로는 쉽게 그려지지 않았다. 자크 폴주 역시 새로운 포뮬러가 어떤 향을 만들어낼지 예측하지 못했을 것이다. 보란 듯이 정통성을 내세울 수 있는 완벽한 시프레를 원했던 것일 수도. 의외의 결과가 빛을 발하는 순간을 행운이라 부르던가. 인혜와 함께 런던으로 유학을 떠날 수 있게 된 날 생애 처음 내게 찾아왔던 행운은 아직까지 다시 찾아오지 않고 있다. 행운에 두 번째라는 것이 있기는 한 것일까.

"우리 삶도 원하는 향으로 조합할 수 있다면 좋을 것 같지 않아?"

"아이 같은 발상이야, 유진. 우린 그런 상상을 하면 안 되는 나이야."

감상이 침범할수록 사고는 유아적으로 퇴보할 수밖에 없다고 항변하고 싶었지만 마땅한 영어 단어를 찾다가 귀찮아 포기했다. 나는 무안한 마음에 다시 향수 얘기로 돌아갔다.

"맞춤 향수도 생각해봐. 싸구려 합성 향을 조합해서 만들어주는 천박한 커스텀 향수 말고."

"괜찮은 생각이야. 일단 첫 향수 컬렉션을 론칭한 후 런던 사교계를 위한 천연 맞춤 향수를 만든다면 괜찮은 세일링 포인트가 되겠어."

"나만의 향수를 만든다면 나쁜 향으로 파라과이 페티그레인을 넣어 달라고 할 거야."

내 얘기에 갑자기 데런이 말을 멈추고 서글픈 눈망울로 쳐다봤다. 그런 눈으로 쳐다볼 필요 없다고 말하자 미안하다고 사과했다. 그래도 내가 그런 농담을 했다는 건 긍정적인 신호라고 했다. 호텔 방 테이블 위에서 나와 함께 인혜를 기다리고 있는 아닉구딸 향수가 아마도 내가 산 마지막 페티그레인 향수일 거라고 말했다. 데런은 자신도 그렇게 되길 바란다고 대꾸했다가 내 반응이 걱정됐는지 농담이라고 덧붙였다.

"곧 나올 네 첫 향수 이름은 런던 인 블루가 어떨까? 너무 우울한 느낌일까……."

데런은 잠시 생각해보더니 여러 의미로 해석할 수 있어서 나쁘지 않은 이름이라고 했다. 시즌별 컬렉션 시리즈로 갈 때의 네이밍을 위해서도 괜찮을 것 같다며 나름대로 흡족한 웃음을 보였다.

하마드의 사진이나 데런의 향수는 내게 런던이라는 도시가 은밀하게 열어 보인 속살 같았다. 데런에게 전했더니 어떤 느낌인지 알 것도 같다고 했다. 비록 유쾌한 동기로 오게 된 두 번째 런던 여정은 아니었으나 불행하다고 느껴질 만한 타이밍마다 런던은 뜻하지 않은 이야기 속으로 나를 초대하고 있었다. 그리고 나는 그 이야기들 속에서 잠시나마 내가 불행하다는 사실을 잊을 수 있었다.

대단한 난리통 속에서 브라우니를 희생시키는 대신 필름은 지켰다는 사실만으로도 훈장처럼 여겨지는 일요일 오전이었다.

데런이 숍 공사 때문에 외출할 준비를 하고 있을 때 첸으로부터 전화가 걸려왔다. 일 얘기를 잠시 나눈 데런이 어제 상황을 설명한 뒤 휴대폰을 내게 넘겨주었다. 받자마다 내 안부를 물은 그는 탄식부터 쏟아냈다. 폭우 탓에 하마드 집 앞을 지나갔던 시위대 역시 계획됐던 일정을 반도 못 채우고 해산했다는 얘기에 할 말이 없었다.

"마치 우리 티베트인의 운명 같았어. 거대한 힘 앞에 뿔뿔이 흩어져야 하는."

그의 목소리는 풀 먹인 종잇장처럼 무겁게 가라앉아 있었다. 어제 내린 비는 그 누구라도 피할 수밖에 없는 커다란 재해라고 위로했지만 첸은 동족을 흩어지게 하고 동성애자를 악마로 몬 최악의 비였다고 말했다.

"맞아. 내게도 그건 최악의 비였어, 첸."

몇 마디가 더 오간 후 다시 데런을 바꿔주려 했지만 그는 목 언저리에서 손을 좌우로 흔들어대며 그냥 끊어도 된다는 손짓을 해 보였다.

"일부러 안 받는 거지?"

첸의 물음에 그가 옷을 입는 중이라 전화를 받을 수 없는 상황이라고 둘러댔다. 첸과 통화가 끝나고 휴대폰을 넘겨주기가 무섭게 다른 이로부터 전화가 걸려왔다. 데런은 휴대폰을 들고 방 안으로 들어갔다가 5분 정도 후에 나왔다. 스케치에서 연락 왔던 그 친구냐고 물으니 그는 웃으며 어깨를 으쓱했다. 더 이어질 수도 있는 내 질문을 간단히 일축시키는 똑똑한 제스처. 말로 표현 안 되는, 혹은 표현하기 거북한 의미의 층 사이를 교묘하게 메울 수 있는 인간의 몸짓은 말보다 백 배 독하다.

재킷을 걸치고 집을 나서기 전 데런은 내게 거품 목욕이나 즐기라고 했다. 나는 게이가 아니라면서 손사래 치자 스트레이트도 게이로 만들 만큼 황홀한 '데런즈 스파 하우스'를 꼭 체험해보라고 수선을 떨었다. 데런은 끝까지 사양하는 나를 욕실로 끌고 가다시피 하더니 손수 뜨거운 물을 받고 입욕제를 풀었다. 사해 소금과 편백나무 입욕제를 반반씩 섞은 후 클레오파트라가 한번 돼보라면서 장난기 어린 표정으로 눈을 찡긋하고는 서둘러 나갔다.

혹시라도 인혜에게서 연락이 올까 봐 샤워조차 마음 놓고 하지 못했던 나는 휴대폰을 옆에 모셔 둔 채 욕조에 몸을 담근 후 모처럼 긴장의 끈을 풀고 눈을 감았다. 클레오파트라도 편두통 때문에 사해 소금을 사랑했던 것일까. 줄곧 따라다니던 지끈지끈한 머리 통증이 한결 누그러지는 기분이었다.

바깥 거실에는 데런이 틀어 놓고 간 음악이 동굴 속 먼 이명처럼 들려오고 있었다. 킨Keane 감성적인 사운드를 선보이는 영국 얼터너티브 록 밴드.의 노래 'Somewhere Only We Know'였다. 브리티시 팝에는 미국 팝과는 다른 묘한 동양적 감성이 있다. 한때 귀에 달고 살았던 익숙한 노래를 듣게 되자 반가운 마음에 나도 모르게 짧은 탄성이 새어 나왔다. 인혜와 함께 영어 공부 겸 부지런히도 들었던 라디오 덕분에 우리는 노래 제목과 가수 이름 맞히는 데는 선수가 됐었다. 침대에 나란히 누워 라디오에서 흘러나오는 팝들을 들으며 시간 가는 줄 모르고 보냈던 나날들. 서울 근교 어느 모텔 방에 누워 복도에서 들려오는 취객의 싸움 소리를 들으며 불안한 섹스를 해야 하는 날이 올 줄 그때는 두 사람 다 몰랐다.

일요일 오전, 따뜻하고 향기로운 거품 물에 몸을 담그고 톰 채플린Tom Chaplin 킨의 리드 보컬. 목소리를 우연히 들을 수 있는 확률은 얼마나 될까. 이것이야말로 가련한 존재에게 신이 선사하는 작은 선물 같았다. 하도 들어 대충 입에 붙어 버린 가사를 조용히 따라 불렀다.

…… Oh simple thing

Where have you gone

I'm getting old

And I need something to rely on

So tell me when you're gonna let me in

I'm getting tired

And I need somewhere to begin

And if you have a minute

Why don't we go talk about it somewhere only we know

This could be the end of everything

So why don't we go somewhere only we know

Somewhere only we know……

언제였던가. 이 노래를 듣다가 누가 먼저랄 것도 없이 서로의 몸을 탐닉했던 기억. 큰맘 먹고 킨의 CD를 샀던 인혜는 섹스가 끝날 때까지 이 노래를 반복 재생시켰다. 내 위에서 격렬한 몸짓으로 출렁이던 인혜는 갑자기 내 귀에 입을 대고 낮은 목소리로 노래를 따라 불러주다가 어느 순간 다시 절정을 향해 치달았다. 몽환적인 멜로디에 취했던 것인지 서로의 육체에 취했던 것인지 유독 그날의 섹스는 길고 부드러웠으며 강렬했다. 그날 우리는 노래와 완벽하게 하나가 됐다.

- 쓰리썸 한 것 같아.

섹스가 끝난 후 인혜는 내 가슴에 얼굴을 묻은 채 가쁜 숨을 몰아쉬며 말했다. 나는 인혜의 몸을 나눠 가진 톰 채플린의 목소리에 질투와 고마움을 동시에 느꼈다. 그때 감흥이 되살아나는 바람에 힘없이 물속에 잠겨 있던 아랫도리가 꿈틀하고 반응했다. 여전히 내 몸은 인혜를 향한 무조건반사 작용을 잊지 않고 있다. 조금, 서글펐다. 따뜻한 수온이 인혜의 맨살에서 느껴지던 온기와 닮았다. 안고 싶다. 또 한 번 노래에 취해, 그녀에 취해 영원히 끝나지 않을 것 같은 섹스를 나누고 싶다. 그리고 섹스가 끝나는 순간 킨의 노래와 함께 증발해버리고 싶다.

속삭임처럼 반복되는 Somewhere only we know를 중얼거리다가 욕조 물속으로 스르르, 미끄러지듯 잠겨 들어간다. 둔부와 등의 맨살에 와 닿는 욕조 바닥 질감이 매끄럽고 간지럽다. 천천히 눈을 떴다. 일렁이는 욕조 바깥의 풍경이 신기루처럼 아름답다. 선명한 윤곽을 잃어버린 물 바깥세상이 이렇게 아름다운지 몰랐다. Somewhere only we know, Somewhere only we know……. 지금 이 순간 톰 채플린의 음성은 현실의 목소리 같지가 않다. 우리 둘만 아는 곳을 찾아 이곳까지 온 나에게 그는 이것이 모든 것의 끝이 될 수도 있다고 자꾸만 속삭인다.

물속에서 눈물이 흘렀다. 그렇게 불행하지 않다고 생각하는데, 눈물은 흐르는 족족 물감처럼 투명하게 풀어졌다. 순전히 저 톰 채플린 목소리 때문이다. 물 밖으로 나가 그의 노래를 중단시키고 싶지만 물 밖으로 나가는 방법을 잊었다. 조금만 떠오르면 될 것 같은

데 육중한 추가 달린 것처럼 몸이 바닥에서 떨어지질 않는다. 이대로 계속 가라앉아 있어도 나쁘지 않을 것 같은 기분이다. 따뜻하고 편안하게 너울대는 세상에서는 두려움마저 형체를 잃어버린다. 잠이 오는 것 같다. 살며시 눈을 감아 본다…….

얼마나 지났을까. 내 어깨를 누군가의 두 손이 다급하게 잡아챘다. 삽시간에 내 상체가 물 밖으로 끌어 올려졌다. 물이 사라진 세상의 차가운 공기가 코와 입속으로 엄습하는 바람에 나는 심하게 기침을 해댔다.

"유진, 눈 떠! 이봐!"

들려오는 소리대로 눈을 떴다. 데런이 놀란 눈으로 나를 내려다보고 있었다.

"이런. 지갑을 놓고 나가서 돌아와 보니 세상에나. 대체 어쩌려고 했던 거야!"

커다란 월풀 욕조에서 흘러넘친 물로 욕실 바깥 카펫까지 젖어 있는 것을 보고는 데런이 뛰어 들어와 나를 끄집어냈던 것이다.

"아무 일도 아니야, 데런. 잠시 물속에서 킨의 노래를 듣고 있었을 뿐이야."

"뭐라고?"

데런은 어이없는 표정으로 질문인지 타박인지 모를 말들을 쏟아냈다. 향기로운 욕조로부터 강제로 끌려나온 나는 데런이 보는 앞에서 옷을 입고 로션을 바르고 머리를 말렸다. 그새 킨의 음악은 나만 홀로 남겨둔 채 연기처럼 사라지고 없었다. 대신 편두통이 다시 찾아왔다.

"유진, 어떤 이유로든 지금이 최악이라는 생각 따위는 하지 마. 너 스스로 최악을 만들지만 않으면 최악은 오지 않아."

데런은 더는 나를 혼자 내버려 두면 안 되겠다는 말을 여러 번 반복했고 나는 오해를 한 거라고 되풀이했다. 반복되던 우리 대화는 공사를 담당하고 있는 현장 감독으로부터 걸려온 전화로 인해 중단됐다. 데런은 '절대'라는 말을 몇 번 더 남기고는 다시 집을 나갔다.

일렁이던 세상으로부터 빠져나오니 선명하고 또렷한 세상이 시작됐다. 창밖을 내다봤을 때, 승마를 즐기던 노부부 모습은 보이지 않았다.

외투를 입고 나오는데 거실 테이블 위에 작은 포장 박스와 메모지 한 장이 놓여 있었다.

'디퓨저Diffuser야. 어제 해러즈Harrods 1849년 문을 연 영국의 대표적 백화점.에서 이걸 사고 있을 때 넌 끔찍한 빗속에 있었지.

예전 존경하던 보스가 말했어. 디퓨저는 어둠 속에서 길을 찾아 주는 등대 같다고.

아내를 잃은 후 그의 잠자리 옆에는 항상 디퓨저가 떠나지 않았지.

네가 너무 오래 헤매지 않았으면 좋겠어.'

너의 디퓨저가 필요한 사람은 첸이라고 답장을 남기고 싶었다. 비에 젖은 브라우니는 데런이 이미 치운 후였다. 나는 물속 세상으로 떠난 브라우니 대신 디퓨저와 필름을 챙기고는 데런 집을 나섰다.

아파트 입구에 서서 비가 그친 촉촉한 대지를 바라보다가 눈앞이 일렁거려 손으로 몇 번 눈꺼풀을 비볐다. 풍경이 다시 또렷한 형체를 되찾았다. 온 우주를 물로 가득 채우고 싶은 충동이 일었다. 본연의 형체를 잃어버린 세상은 지금보다 훨씬 따뜻하고 포근할 것이다. 정신의 날카로운 날도 흐물흐물 무뎌지는 그곳에서라면 내 삶도 완전한 밑바닥에서부터 다시 시작할 수 있을 것 같다.

아주 잠깐 만났던 퍼트니의 일렁이는 세상은 썩 나쁘지 않았다. 좀처럼 발걸음이 떨어지지 않았던 이유가 그 때문이었던 모양이다.

빌리어스 스트리트의 천국

인혜로부터 연락이 온 것은 금요일 아침이었다. 닷새가 더 지난 후였다. 나는 데런과 첸에게 번갈아 전화를 했는데, 그 시각 두 사람은 함께 있었다. 내 얘기를 듣자마자 두 사람은 택시를 타고 본드 스트리트의 향수 숍으로 당장 달려오라고 했다. 향수 숍은 오픈을 며칠 앞두고 공사가 거의 마무리 단계에 들어간 상태였다. 1층은 쇼룸, 2층은 직원 사무실과 물품 보관실, 3층은 데런을 위한 사무실 겸 연구실이었다. 주변에 늘어선 내로라하는 명품 부티크들에 기죽지 않기 위해 온갖 공을 쏟아부은 모습이 역력했다. 살인적인 금리의 런던 은행 대출금이 빚어낸 작품이라고 생각하니 문고리 하나도 허투루 보이지 않았다.

데런과 첸은 2층 안쪽에서 공간에 배치할 미술 작품들에 대해 의논하고 있었다. 두 사람이 나누고 있는 중요한 대화를 깨기가 민망해 계단 위에 서서 잠시 기다렸다. 일 때문에 나누는 대화가 가장 다정해 보이는 역설이라니. 나를 먼저 발견한 데런이 어서 올라오라고 손짓을 했고 이어 첸도 웃으며 반겼다. 첸은 평면적인 회화보다는 설치 쪽을 권했고, 처음 선보이게 될 향수 보틀 디자인에서 영감을 받은 조각 작품을 아티스트에게 의뢰하는 게 어떻겠느냐는 의견도 제안했다. 데런이 흔쾌히 동의를 해 스탠딩 회의는 일사천리로 끝났다.

"자, 당장 말해봐."

데런이 팔짱을 끼고 두 다리를 단단히 고정시킨 채 기대에 찬 눈빛으로 내가 입 열기를 기다렸다. 첸 얼굴에도 잔뜩 궁금함이 묻어 있었다. 나는 휴대폰을 꺼내 그녀에게서 온 문자를 직접 보여주었다.

"이봐. 난 한국어를 모른다고."

데런이 두 손을 들어 올리며 기가 찬 표정으로 말하자 나는 '쏘리'를 연발했다.

"워, 워. 진정해, 친구."

진정하려고 노력하며 몇 마디 안 되는 문자를 영어로 통역했다.

"'미안해. 조금만 더 기다려줘. 보고 싶어.' 이게 다야? 진정으로? 맙소사."

데런은 팔짱을 풀며 이마에 손바닥을 짚었다.

"왜? 이보다 희망적인 메시지는 없잖아."

예상대로 첸은 데런과 전혀 다른 의미를 읽어냈다.

"미안하지만 솔직히 난 이해할 수가 없어. 넌 지금 이곳 런던까지 와서 14일째 혼자 기다리고 있어. 그런데 '미안해, 조금만 더 기다려줘'라니!"

약간 흥분해서 말하는 데런의 한쪽 팔을 첸이 슬쩍 잡아끌었다.

"물론 3일 뒤나 5일 뒤가 아니라서 나도 안타까워. 하지만, 하지만……."

쉽사리 뒷말이 이어지지가 않았다. 더 솔직히 말하면 나 역시 이 모든 상황을 이해하지는 못한다. 이해를 구하고자 휴대폰을 들고 여기까지 달려온 게 아니란 말이다.

"제기랄. 그럼 내가 이 따위 문자 엿이나 먹어 버려 하고 소리치면서 닭처럼 울어대길 바라?"

휴대폰을 든 주먹을 불끈 쥔 채로 그만 발끈하고 말았다. 절묘한 타이밍을 맞춰 찾아온 두통 때문에 내 인상은 더 일그러져 있었을 것이다. 두 사람 표정이 지금까지 본 것 중 가장 심각하게 굳어졌다. 오늘은 술도 어떤 것도 핑계를 댈 수 없는 상황이었다. 화를 내고 후회를 하기까지는 찰나에 불과했다.

"미안. 내가 잠시 정신이 나갔었나 봐. 너희들한테 이러면 안 되는데."

물끄러미 바라보고 있던 첸이 다가와 내 어깨에 두 손을 얹고 낮은 목소리로 말했다.

"괜찮아. 데런 역시 누구보다 그녀가 오기를 간절히 기다리고 있어. 널 바보 취급하는 게 아니야."

나는 고개를 들어 그의 눈을 바라봤다. 그리고 그 뒤에서 겸연쩍은 얼굴로 서 있는 데런을 쳐다봤다. 빗속에서, 욕조에서 나를 두 번 구해준 그에게 대체 지금 무슨 짓을 한 것인가. 이번에는 지랄 맞은 두통 때문이었다고 둘러댈까.

"그러지 말고 내가 준비해온 디저트나 먹자."

첸이 돌아서며 상황을 수습했다. 그는 한쪽 구석에 놓아둔 쇼핑백을 가져와 종이 박스 하나와 보온병을 꺼내 작업용 테이블 위의 톱밥을 후후 불어 날린 후 올려놓았다. 데런이 내 어깨를 가볍게 툭툭 치고는 테이블 쪽으로 갔다. 나도 마음을 진정시키고 디저트가 차려진 테이블로 다가갔다. 하얀색 종이 박스 안에는 이튼 메스가 들어 있었다.

"아, 이튼 메스."

첸이 먹어 봤느냐고 물었다. 고개를 끄덕이면서 인혜의 음성을 떠올렸다.

- 지옥에 떨어져도 이것만 있으면 그곳이 곧 천국이 될 거야…….

단 음식을 좋아하지 않는 그녀가 유일하게 입에 대는 디저트였다. 두 사람에게는 런던에 살 때 몇 번 먹어 봤다고만 했다.

"데런이 제일 좋아하는 디저트야."

첸은 각자에게 일회용 스푼을 쥐여 주면서 말했다. 데런은 황송하다며 한쪽 다리를 굽힌 채 허리를 숙였다. 그러고는 왼팔을 뒷짐 지고 오른쪽 팔은 앞으로 접어 오페라 가수처럼 과장되게 인사했다.

"서울로 돌아가도 하마드 작업실에서 맛본 브라우니와 너의 이튼 메스는 절대 잊지 못할 거야."

이어지는 칭찬에 첸은 두 어깨를 으쓱했다.

"데런 너는?"

첸의 시선이 데런을 향하자 그는 좀 전 제스처에 모든 감사한 마음이 담겼음을 알아 달라고 했다. 그러고는 첸을 향해 한 마디를 더했다.

"참, 방금 전에 날 죽일 뻔했던 유진으로부터 구해줘서 고마워. 똑똑한 첸."

첸에게 칭찬을 건넨 것은 처음이었다. 데런은 이튼 메스를 한 스푼 떠 입으로 가져가면서 장난꾸러기처럼 내게 어깨동무를 했다. 관계를 유지하는 방식은 다 제각각이다. 첸과 데런 역시 그들만의 방식으로 관계를 이어가고 있다. 그것은 사랑으로도 우정으로도, 그 어떠한 명제로도 쉽게 규정할 수 없는 모호하며 불투명한 것이었다. 런던이라는 도시에서 첸과 데런이 살아가는 방식은 그렇게 불안하고도 끈질겨 보였다. 타인들이 형성하고 있는 관계의 실체에 다가서는 만큼 나와 인혜가 이어온 관계의 실체로부터는 멀어지는 기분이었다.

틈틈이 달콤한 디저트를 떠먹는 데런을 응시하는 쳰을 보며 붉은 벽돌 아파트 창가에 서 있는 인혜의 뒷모습을 바라보던 내 눈빛도 저렇지 않았을까 상상해본다. 지금 이 순간 가장 궁금하고 두려워지는 것은 나는 정작 확인할 수 없는, 타인을 향한 나의 시선이다.

그리고 아무 연락도 없었다. 결국 저울은 쳰이 보여주었던 희망적인 반응보다 냉소적이었던 데런의 반응 쪽으로 기울었다. 기다림이 두려움으로 옮겨가려 할 때마다 나는 비가 내렸다 그치기를 반복하는 런던 거리를 정처 없이 쏘다녔다. 밀레니엄 브리지에서 한 시간 동안 템스 강을 내려다보고 있는 나에게 경찰이 다가와 이것저것 물어보고 가기도 했다. 리치몬드 파크에서는 말없이 사슴을 바라보고 있던 나를 동네 주민이 신고했다. 같은 자리에서 한 시간 동안 사슴을 구경한 사람이 내가 처음이라는 게 신고 이유였다. 다행히 런던 경찰은 친절했고 상대방의 이야기를 차분히 들어준 후 내가 타인의 의심을 살 만한 행동을 했다는 것을 이해시켰다. 다음부터는 한 시간 동안 사슴을 보지 말라는 이상한 당부도 했다.

"아무것도 하지 않는 것이 타인에게 해가 될 수 있다는 거군요?"

진지하게 던진 질문이었건만 경찰은 대답 대신 끝까지 친절한 미소로 내 어깨를 툭툭 치고는 갈 길을 갔다. 사실은 해질 녘까지 사슴을 보고 있을 계획이었는데 신고 정신 투철한 주민과 로봇처럼 친절한 경찰 때문에 발길을 돌려야 했다.

물난리가 난 후로도 하루건너 하루 꼴로 약한 비가 이어졌다. 비가 오면 호텔 방에서 책을 읽거나 기사를 쓰고, 비가 그치면 밖으로 나가는 단순한 반복이 계속됐다. 비가 그쳐서 밖으로 나갔다가 흠뻑 젖은 채로 돌아올 때도 있었지만 지난번처럼 갑작스러운 폭우가 쏟아지는 일은 없었다. 습관이 안 돼서인지 우산을 챙겨 가는 것을 잊는 날이 더 많았다. 원체 궂은 런던 날씨지만 유난히 비가 잦은 올해 이상기후에 대해 TV 프로그램마다 앞다투어 분석 기사를 내놨고 한 기상 전문가는 베이징발 공해가 유럽까지 영향을 미치고 있다며 중국의 무책임한 환경 규제 정책을 꼬집기도 했다.

오늘 아침 잠에서 깨서는 침대에 누운 채로 하마드가 준 사진만 한 시간 넘게 들여다보았다. 초점이 안 맞고 질감이 탁할수록 사진에는 오묘한 입체감이 생긴다. 작은 사각의 평면 속으로 손을 밀어 넣으면 3D 안경을 통해 보이는 스크린처럼 생생한 실루엣으로 살아난 여인의 모습을 만질 수 있을 것만 같다. 여인의 눈, 코, 입이 처음보다 살짝 뭉개져 보이는 착시 현상이 일어나 두 눈을 여러 번 비벼보기도 하고 끔뻑거려보기도 한다. 하마드의 카메라에 잡힌 여인은 누군가 자신을 촬영하고 있다는 것을 전혀 몰랐던 것이 확실하다. 고개의 각도가 한없이 무심하다.

니트로 보이는 헐렁한 흰색 상의가 낯이 익긴 한데 인혜가 갖고 있던 옷인지 분명하지가 않다. 머리 모양, 얼굴 윤곽, 전체적인 체형 모두 확실치가 않았다. 방 위치도 중간에서 약간 오른쪽. 대략 비슷하긴 하나 확신할 수 없었다. 온통 낯은 익지만 확실하지 않은 기억들이 수시로 나를 미치게 만들 때마다 신경안정제와 두통약을 번갈아 먹어댔다.

답답한 마음에 사진을 내려놓고 침대에서 일어났다. 창밖을 보니 빗줄기는 아주 약해져서 보이지도 않을 정도였다. 움직여야 한다. 몸을 움직이는 것이 생각에 맞서는 가장 강력한 저항이다.

TV를 켜고 샤워를 하러 욕실로 들어가려다가 아침 CNN 뉴스에 시선이 멈췄다. 카메라는 중국을 방문한 영국 캐머런 총리 모습을 비추고 있었는데, '영국 데이비드 캐머런David Cameron 총리, 티베트 문제 중국에 백기'라는 자막이 나오고 있었다. 베이징 인민대회당에서 열린 중국 리커창 총리와 캐머런 총리 회담 장면에서는 무척 화기애애한 분위기가 연출됐다. 기자는 캐머런 총리가 중국의 주권과 영토 통합성을 존중하고 티베트를 중국의 일부로 간주하며 티베트 독립을 지지하지 않겠다고 발언했다는 신화통신 보도를 인용했다. 그리고는 1년 전쯤 캐머런 총리와 달라이라마의 회동에 화가 난 중국 정부가 캐머런 총리의 중국 방문을 거절하고 영국 내 투자를 사실상 동결하는 등 양국 관계가 심각하게 악화됐다는 것, 이로 인한 중국의 경제 제재로 영국이 적잖은 타격을 입었다는 사실 등을 짤막하게 덧붙였다. 향후 티베트인의 운명에 큰 영향을 미칠 수도 있는 거대한 이슈가 채 2분도 되지 않는 짧은 분량으로 요점 정리됐다.

TV를 껐다. 시간이 가도 적응이 안 되는 낯선 정적이 이제는 쇼디치의 붉은 벽돌 아파트 따위는 없다고 속삭이고 있었다. 아직 몸에서 완전히 빠져나가지 않고 있는 잠기운과 묵지근한 두통을 마저 몰아내려고 머리를 세차게 흔들어 본다.

정신을 차리고 첸에게 전화를 걸었다. 그는 한참 만에 전화를 받았다. 어디인지 시끄러운 소음이 섞여 들었고 목소리는 잔뜩 상기돼 있었다. 국회의사당 앞에서 집회 중인데 동성 결혼 합법화에 반대하는 보수 단체 시위대와 정면충돌 직전이라고 했다. 다급하지만 흥분 섞인 결기가 느껴지는 음성에서는 현장의 긴장감이 고스란히 묻어나고 있었다.

"첸, 혹시 뉴스 봤어?"

"미안, 나 지금 끊어야 할 거 같아. 저쪽 시위대에서 밀고 들어오고 있어."

드랙퀸 복장을 한 채 뛰어가는 첸의 모습이 그려졌다. 지난번 훌리건 사고 때처럼 불상사가 일어나지 말아야 할 텐데 걱정스러운 말을 전할 여유도 없어 보였다.

"저녁때 데런 숍 오픈 리허설에 올 거지? 거기에서 봐!"

내가 대답하기도 전에 첸은 전화를 끊었다. 자신을 가로막는 문제가 해결되기를 기다리는 대신 달려가 부딪치기를 택하는 삶의 방식은 늘 고단하거나 고달프다. 한데 나는 지금 처음으로 첸을 부러워하고 있다. 뒤이어 찾아오는 야릇한 열등감. 나는 부끄럽지 않다. 다만 두려울 뿐이다. 오늘도 어느 누군가는 등에 그 글귀를 적어 넣고서 자신을 악마라고 부르짖는 단단한 힘을 향해 내달리겠지.

전혀 상관없는 나라의 독립과 동성애자의 인권이라는 거창한 문제가 내 일처럼 다가오고 있는 현실이 자꾸만 나를 아득한 꿈속으로 몰아넣고 있는 기분이었다. 꿈이다. 모든 게 꿈일 것이다. 다시 침대로 가서 눈을 붙이면 혼란스럽게 뒤엉킨 모든 것들이 제자리로 돌아와 있을지도 모른다. 하지만 테이블 위에 놓여 있는 리치몬드 사진과 아닉구딸 향수에 내려앉아 있는 엷은 먼지를 보고는 침대로 가려던 생각을 접었다. 현실과 꿈은 지독스럽게도 비슷한 보호색을 띠고 있다.

"그럴 수밖에 없잖아. 영국으로선 천문학적인 경제적 손실을 입을 판인데. 그건 개인이 아닌 총리로서 영국 국민을 살리기 위해 화해의 신호를 보낸 거라고."

숍에 일찍 도착해 오늘 아침 뉴스 이야기를 전하자 데런은 분주히 움직이면서도 정확하게 자기 의견을 피력했다.

"영국은 티베트에 감정이 없어. 나 역시 첸에게 감정이 없고. 그건 어디까지나 중국과 티베트 문제이고 첸과 동족이 처한 문제야. 아, 근데 이 망할 케이터링 업체는 왜 안 오는 거야!"

데런은 곧 있을 오픈 행사로 인해 사전 미팅을 하기로 한 케이터링 업체 직원이 안 오고 있어 연신 휴대폰을 눌러댔다. 1층에서부터 3층까지 오르락내리락하며 테이블과 의자 위치를 계속해서 바꿨고 곳곳에 놓인 미술 작품과 소품들을 이리저리 옮겨가며 나에게 괜찮은지를 수시로 물어봤다.

"영국이 취하는 태도로 인해 티베트의 운명이 갈릴 일은 없을 거야. 그들에게 이런 일은 너무 흔한 낭패 중 하나일 뿐이니까. 이봐요, 내가 게이라는 거 광고할 일 있어요? 제발 계단에 묶어 놓은 그 소녀스러운 핑크 리본은 치우라고요!"

무언가 마음에 안 드는 것을 발견할 때마다 데런은 스태프를 향해 언성을 높이곤 했다. 나는 데런을 따라 아래위층으로 오르내리기를 몇 번 반복하다가 이내 포기하고 한쪽 구석에 자리를 잡고 조용히 기다렸다.

30분쯤 후에 케이터링 업체 직원이 도착했다. 오는 도중 접촉사고가 나서 늦었다고 사과를 했지만 한참 예민해져 있는 데런은 화를 참지 못하고 큰소리를 냈다. 욕조에서 날 끄집어내 물기를 닦

아주고 옷을 입힌 후 디퓨저를 선물로 남기고 갔던 데런은 보이지 않았다. 하필 그때 홍보 담당 여직원이 보도 자료 초안을 들고 왔다.

"이런 부실한 보도 자료로 뭘 어쩌겠다는 거야. 문장도 엉망이고 핵심이 없잖아. 내 이름은 또 왜 이렇게 많이 등장하지? 사람들은 내가 아니라 브랜드를 보러 오는 거라고. 내 커리어를 무기 삼아 향수 팔아먹을 생각 없으니까."

잔뜩 당황한 여직원은 얼굴이 붉어진 채로 데런이 내팽개친 보도 자료를 황급히 주워 들고 돌아갔다.

"데런, 오픈 행사는 5일 뒤야. 너 지금 지나치게 예민해져 있어."

그의 어깨를 짚고 조용히 얘기했다. 나를 돌아본 데런이 그제야 고개를 절레절레 흔들며 큰 숨을 몰아쉬었다. 그의 어깨를 토닥이며 5일 전에 오픈 리허설을 하는 사람은 너밖에 없으니 모든 게 잘될 거라고 말했다.

나는 인혜가 번역 아르바이트 하는 것을 늘 함께 도왔다. 주로 한국관광공사 런던 지사와 영국문화원 같은 곳으로부터 일을 받아 왔는데, 생각보다 물량이 많아 아르바이트치고 괜찮은 벌이였다. 그녀가 번역하는 동안 옆에서 사전을 뒤적거리거나 비슷한 예문을 찾아주기도 했고, 그녀가 초벌 번역한 걸 함께 읽어 내려가면서 수정하는 걸 돕기도 했다. 나란히 붙어 앉아 일을 하고 있을 때가 섹스하는 시간 다음으로 좋아서 나중에는 내가 일감을 얻어 오느라 바빴다. 일을 하다가 섹스를 하거나 섹스를 한 후 알몸인 채로 일을 할 때도 있었다. 일을 하든 섹스를 하든 그 시간만큼은 둘 다 지구가 멸망해도 모를 정도로 집중했다. 그 덕에 그녀는 나름대로 런던에서 일 잘하는 유학생으로 소문이 났다. 그녀가 이곳에서 워킹 우먼이 됐다면 데런의 까다로운 눈높이를 만족시킬 만한 완벽한 보도 자료를 들고 오지 않았을까. 10년 전 서울로 돌아가지 않고 이곳에 눌러앉았더라면……. 문득 뜬금없는 생각이 들었다.

향수 숍에 한바탕 폭풍이 지나가고 해가 질 때쯤 돼서야 첸은 다소 지친 모습으로 나타났다. 얼마 후 데런이 초대한 몇몇 지인들이 도착했다. 그중에는 스케치에서 문자를 주고받던 주인공도 껴 있었다. 잘나가는 로펌에 근무한다고 한 그는 매우 예의 바르고 정중했다. 그에 대해서 칭찬을 하자 데런은 귓속말로 너무 젠틀해서 재미는 없다고 했다.

데런이 사람들과 대화를 나누는 동안 내 시선은 수시로 첸을 향했다. 뉴스를 보긴 한 것인지 궁금했다. 티베트인 커뮤니티 내에서 이미 연락이 오갔을 것 같기도 했다. 자신이 컬렉션한 미술 작품들을 살피면서도 틈틈이 그의 시선은 변호사 쪽을 향했다. 데런도 상황을 의식해서인지 첸에게 따로 그를 소개시키지는 않았다.

다소 불안하고 불편한 시간이 흐른 뒤 밤 열 시가 가까운 시각 우리는 데런이 미리 불러놓은 미니캡Minicabs 블랙캡보다 저렴하게 이용할 수 있는 예약 택시. 두 대에 나눠 타고 빌리어스 스트리트Villiers Street에 있다는 게이 클럽으로 갔다. 미니캡은 비싼 돈 들여가며 타고 다녔던 블랙캡보다 아주 저렴한 택시였다. 어차피 취재를 핑계로 블랙캡을 탈 때마다 영수증을 챙기긴 했지만 비용을 떠나 왠지 미니캡이 더 운치 있고 아늑해 보였다.

먼저 온 한 대에는 데런과 변호사, 나와 첸이 탔다. 변호사와 데런이 타고 내가 데런 옆에 올라탄 후 첸을 바깥쪽에 앉게 했다. 차에 타기 전 데런은 게이 클럽이긴 하지만 워낙 유명한 관광 스폿이라 런던을 찾은 일반 여행자들도 많이 온다고 나를 안심시켰다.

미니캡을 타고 이동하는 동안 비가 그친 런던 밤거리가 흑백 무성영화처럼 창밖으로 흘러갔다. 빌리어스 스트리트가 가까워질수록 낡은 공장들과 낮은 벽돌 주택들이 함께 모여 있는, 그다지 화려하지도 변화하지도 않은 풍경이 이어졌다. 어떻게 보면 별 특색이 없어 보이기도 했고 런던에서만 만날 수 있을 생경한 이미지로 다가오기도 했다. 곳곳에 붉은 벽돌 아파트들이 생각보다 눈에 많이 띈다는 것이 특이했다.

비가 그친 후 간간이 불어오는 바람에 길바닥에 버려진 휴지들이 밤하늘로 날아올랐다. 그 스산한 모습이 공장들, 붉은 벽돌 집들과 묘하게 어우러졌다. 가로등도 띄엄띄엄 서 있어서 다른 곳의 밤거리보다 더 음산하고 어둑한 분위기였지만, 그래서 느껴지는 이상한 안락함도 공존했다. 인혜와 함께였다면 오히려 사람에 치일 걱정 없어 여유롭게 밤 풍경을 음미하며 산책할 수 있을 만한 곳이었다. 밤길을 걷다가 바람이 불거나 추운 느낌이 들면 내 팔짱을 꼭 끼며

'아, 따뜻해'라고 말하던 인혜. 그 순간 나는 그녀의 몸을 따뜻하게 했지만 그녀는 내 심장을 따뜻하게 했다.

서울에서 팔짱을 끼고 걸었던 적은 한 번도 없었다. 그녀가 결혼한 후로는 혹시 모를 타인의 시선까지 피해 다녀야 했다. 모텔 객실에 들어 침대 이불 속까지 들어가고 나서야 안도의 한숨을 쉬며 반가움과 안타까움이 뒤섞인 심정으로 그녀를 안을 수 있었다. 하지만 '아, 따뜻해'라는 말은 더 들을 수 없었다. 미친 듯 섹스할 때보다 어둠이 찾아든 런던 뒷골목을 걸으며 '아, 따뜻해'를 들을 수 있던 순간이 더 행복했다는 사실을 자꾸 되뇌게 되면서부터 또 한 번 막연하게나마 런던행을 상상했던 적도 있다. 꼭 런던이 아니더라도 그녀가 감탄사를 건네며 내 팔짱을 낄 수 있는 곳이라면 어디든 좋겠다고.

만나면 밥 먹고 차 마시고 모텔 가서 섹스하는 통속적인 불륜 행위 말고는 달리 할 수 있는 것이 없어진 이후 이별에 대한 생각도 했다. 그러나 행동한 것은 아무것도 없었다. 몇 번 휴대폰을 들고 고민하던 나는 번번이 이별에 대한 공포에 지고 말았다. 작은 원칙을 깨는 일은 이별보다 더 끔찍하게 공포스러웠다. 행동하지 못하는 내 행동은 런던에 와 있는 지금도 똑같다. 나라는 존재는 서울에서나 런던에서나 지독히도 변하지 않는다.

첸이 앉아 있는 쪽 차창을 조금 내렸다. 제법 차가워진 공기가 밀려들었다. 야심한 거리를 스쳐가는 밤바람은 깊은 잠에 빠진 신의 잠꼬대 같다. 신의 목소리가 차 안까지 따라 들어와 내게 물었다. 지난 모든 시간 속에서 너는 사랑하는 것 말고 무엇을 행했느냐고. 나는 바람이 매서워 얼굴을 옷깃에 파묻은 채 얼른 목적지에 도착하기만을 기다렸다. 신의 잠꼬대는 점점 커지고 있었다.

◇◇◇◇◇◇◇◇◇◇◇◇◇◇◇◇

우리는 빌리어스 스트리트의 어느 좁은 도로 안쪽에서 내렸다. 눈앞에 거대한 네온사인이 반짝거렸다. 'Heaven'이라는 이름이 무지개 빛깔로 점멸하고 있었다. 육중한 검은색 문에는 뜻을 알 수 없는 타투 문양 같은 것들이 새겨져 있었다. 천국으로 들어가는 문은 아이러니컬하게도 악마적 감성으로 가득 차 있었다. 나머지 일행도 곧 도착해 우리는 함께 안으로 들어갔다. 입구부터 사람들로 붐볐고 모두들 이런 곳에서 어떻게 행복하지 않을 수 있겠느냐는 표정이었다.

문 앞에서 볼 때는 전혀 몰랐는데 막상 짧은 통로를 통과해 들어가 보니 웬만한 콘서트장을 방불케 할 만큼 드넓은 공간이 펼쳐졌다. 지하 1층에서부터 지상 3층까지 가운데가 뻥 뚫려 있어 그 규모가 더 어마어마해 보였다. 높은 천장에서는 현란한 조명이 정신없이 돌아가고 있었고 레이디 가가 노래가 리믹스 버전으로 실내 곳곳을 폭발시킬 것처럼 울려댔다. 음악 소리는 4D 상영관의 입체 효과처럼 실감 나는 진동이 되어 발바닥을 타고 심장까지 고스란히 전해졌다.

"문을 열면 새로운 천국이 열릴 거라던 내 말이 맞지?"

얼떨떨한 표정으로 들어갈 엄두도 못 낸 채 두리번거리고 있는 나에게 데런이 큰소리로 말했다. 홀 중앙에서부터 가장자리까지, 심지어 벽을 따라 이어지는 각 층의 좁은 통로까지 천국을 찾아 몰려든 사람들로 발 디딜 틈이 없었다. 개미 새끼 한 마리 안 보이던 스산한 밤 풍경과는 너무나 판이한 이곳 모습이 거짓말 같았다.

넓은 홀 중간중간에는 따로 마련된 크고 작은 스테이지가 여럿 있었는데, 그 위에서는 한두 사람씩 올라서서 백댄서 부럽지 않은 춤 실력을 뽐내고 있었다. 백인, 흑인, 동양인, 아랍인. 올라와 있는 사람들만 봐도 다국적이었다. 쌀쌀한 바깥 날씨와 달리 한껏 후끈하게 달아오른 실내 공기 탓에 웃통을 아예 벗어던진 이들이 절반 이상이었다. 근육질 몸에 문신을 한 이들 중에는 '정신 통일'이라는, 까닭 모를 한글 문구를 팔뚝에 새겨 넣은 이도 있었다. 한국어 문신이 요즘 트렌드라고 데런이 귀띔해주었다. 누가 게이고 스트레이트인지, 누가 레즈비언이고 일반 여성인지 분간하기는 어려웠다. 구분 자체가 무의미했다. 이곳은 천국이고 누구든 행복해질 권리가 있는 곳이니.

우리 일행은 1층 바 쪽에서 에일 맥주를 한 병씩 받아 든 다음 건배를 했다. 시원하면서도 알싸한 영국 맥주 특유의 맛이 혀를 자극했다. 정신없는 음악 소리와 조명 때문인지 아니면 급하게 마신 탓인지 맥주 몇 모금의 효과가 생각보다 빠르게 나타났다. 데런이 귀에 바짝 입을 대고 떠들었다.

"때로는 알코올이 세상에서 가장 훌륭한 두통약이 돼준다고."

내가 수시로 약을 먹는 걸 데런이 어떻게 알았을까. 어차피 이 곳은 두통이 비집고 들어올 틈조차 없는 천국이다. 나와 첸을 제외한 나머지는 누가 먼저랄 것도 없이 비좁은 인파 틈을 비집고 들어가 흥겨운 음악에 몸을 맡겼다. 첸은 나를 이끌고 그나마 사람이 적은 1층 구석 공간으로 갔다.

"게이 클럽은 처음이지? 사실 여긴 워낙 유명해서 누구나 한 번쯤 들르는 관광지 같은 곳이지만 말이야."

첸이 목소리를 높여 귀에 대고 말했다.

"클럽이 처음이야."

내 말에 첸은 믿을 수 없다고 대꾸했다. 살짝 웃음기가 돌아왔다. 뭔가 계속 대화를 나누고 싶었지만 고막을 찢을 듯한 음악 소리 때문에 말을 건네기가 쉽지 않았다. 다행히 첸은 아까보다는 편안해진 표정이었다. 그는 손에 맥주병을 든 채 음악에 맞춰 간간이 몸을 흔들기도 했고 나를 툭 치며 즐기라는 말도 건넸다. 데런과 변호사는 마주 보고 춤을 추며 연신 귓속말을 주고받았다. 사람 혼을 빼놓으며 돌아가는 조명 때문에 두 사람 움직임은 뚝뚝 끊어지는 정지된 이미지로 다가왔다. 귀의 피로보다 눈의 피로가 먼저 느껴졌다.

첸은 음악에 심취했는지 눈을 감은 채 흐느적거리고 있었다. 나는 구석 공간까지 꾸역꾸역 밀려들어오는 사람들을 피해 2층으로 올라가 봤다. 벽을 따라 이어지는 통로를 걷다 보니 화장실이 나왔다. 안으로 들어가 볼일을 보고 나오는데 약간 취한 것으로 보이는 한 남자가 팔을 붙잡았다. 회색 반팔 티셔츠가 땀에 젖어 있긴 했지만 패션지 화보에서 걸어 나온 듯한 외모였다.

"원해?"

그가 다짜고짜 한쪽 손을 코앞에 들이밀었다. 손바닥 위에는 작은 알약 두 알이 있었다.

"엑스터시야."

"이걸 왜 나한테 주지?"

"나도 몰라. 네 얼굴을 보는 순간 주고 싶었어. 필요할 것 같아서."

"미안하지만 난 게이가 아니야."

"네가 게이였으면 벌써 약과 알코올에 취해 있었겠지. 그렇게 무료한 표정으로 이곳을 돌아다니는 게이는 없으니까."

그는 나에게 약을 건네더니 윙크를 한 번 하고는 1층으로 내려갔다. 손바닥에 놓인 엑스터시를 보다가 일단 주머니에 넣었다.

2층 난간에서 내려다본 클럽 전경은 또 하나의 장관이었다. 어둠 저편까지 끝없는 것처럼 펼쳐진 광활한 공간 속에서 수많은 사람들이 조명과 음악에 따라 파도처럼 출렁거렸다. 한가운데 가장 높게 올라와 있는 원형 스테이지 위에서는 근육질 흑인이 팬티인지 수영복인지 모를 아랫도리 하나만 걸친 채 굵은 쇠기둥을 붙잡고 현란한 몸놀림으로 춤을 추고 있었다. 신기하게도 전혀 퇴폐적으로 보이지는 않았다. 마치 가상현실이거나 영상 미술 속 한 장면을 보고 있는 것 같았다. 어느새 낯설고 불편했던 마음이 조금씩 물러가고 몸이 공중에 붕 뜨는 것 같은 몽롱함이 찾아왔다. 데런이 했던 말보다 지금 이 순간 온 감각을 자극해 오는 모든 것들이 이곳이 왜 천국인지를 더 실감나게 가르쳐주고 있었다.

난간에 기댄 채 아래를 내려다보고 있던 내 눈에 급하게 무리 사이로 끼어 들어가는 한 남자가 보였다. 어둠과 불빛이 끊임없이 교차되는 탓에 누구인지 잘 분간이 되지 않았다. 실눈을 떠가며 힘들게 사람들 틈을 비집고 나가는 남자를 뚫어져라 쳐다봤다. 첸이었다. 그가 전진하는 방향으로 5미터쯤 앞에서 데런과 변호사가 깊은 키스를 나누고 있었다.

나는 본능적으로 계단을 뛰어 내려갔다. 이미 계단도 사람들로 꽉 차 있어서 내려가는 것조차 쉽지 않았다. 가까스로 1층에 도착해 첸이 뚫고 들어간 방향으로 뒤따라가려 했지만 도저히 틈을 낼 수가 없었다. 땀으로 젖은 클러버들 사이를 양팔로 힘겹게 벌리며 몇 걸음 갔을 때, 저만치에서 우우 하는 사람들 소리가 들려왔다. 잠시 후 갑자기 물결을 타듯 내가 있는 방향으로 사람들이 떼 지어 밀렸다. 그 바람에 나는 처음 있던 위치까지 도로 떠밀려갔다. 앞으로 나아가기는커녕 넘어지지 않기 위해 안간힘을 쓰며 버티느라 땀이 날 정도였다. 있는 힘껏 발꿈치를 들어봤지만 보이는 것은 우왕좌왕하는 사람들의 머리통뿐이었고 시끄러운 음악 소리 때문에 다른 소음은 들리지 않았다.

내가 사투를 벌이다시피 첸과 데런이 있는 곳까지 갔을 땐 이미 우람한 보디가드 두 명이 먼저 와 씩씩거리는 첸과 변호사를 떼어 놓은 상태였다. 데런은 첸에게 욕을 하며 변호사 얼굴을 살피고 있었고 변호사 입가에는 살짝 피가 보였다. 첸 얼굴에는 지금껏 보지 못한 살기 어린 표정이 두꺼운 철가면처럼 덧씌워져 있었다. 나는 숨을 헐떡이고 있는 첸에게 다가가 괜찮으냐고 물었다. 이성을 잃은 그의 시선은 좀처럼 나에게 돌아오지 않았다.

우리는 천국에 들어간 지 30분 만에 문밖으로 쫓겨났고, 거대해 보이던 천국의 문은 소리 없이 냉정하게 닫혔다. 정신을 차렸을 땐 영혼을 채우던 천국의 음악과 빛이 모두 사라지고 난 뒤였다.

"티베트 속담 중에 그런 말이 있어. 내일과 다음 생 중에 어느 것이 먼저 찾아올지 우리는 결코 알 수가 없다."

집으로 가는 차 안에서 창밖을 말없이 바라보고 있던 첸이 나지막이 입을 열었다. 창문 쪽으로 반쯤 돌아가 있는 얼굴에서는 클럽에서 보았던 섬뜩한 표정이 어느 정도 가셔 있었다. 그가 건넨 얘기가 무슨 의미인지 잘 파악이 되지 않아 마땅한 대꾸를 찾지 못했다. 차창에 하나둘 빗방울이 묻기 시작했다. 하늘에 떠 있는 거대한 인공지능 시스템이 일정 간격을 두고 정해진 시간마다 배수구를 여는 것 같았다. 첸이 집에 들어가기 전까지만이라도 쏟아지지 말아야 할 텐데.

"첸, 네가 알고 있는 건지 모르겠는데 오늘 뉴스에서 말이야……."

나는 아침 뉴스에서 본 내용을 간략히 전했다. 첸은 별 미동이 없었다. 알고 있었던 것일까. 어느 순간 첸의 고개가 내 어깨에 슬며시 와 닿았다.

"피곤해……."

그러고는 말이 없었다. 어깨를 빌려준 첫 게이라고 말해주고 싶었지만 지금은 침묵을 지키는 게 내가 할 수 있는 최선이었다.

그가 차에서 내려 집까지 잘 들어가는 것을 확인한 후 뜨거워진 머리를 식힐 겸 잠시 밤길을 걸었다. 무심코 첸이 기댔던 어깨 쪽을 보니 외투 겉이 설핏 젖어 있었다. 눈물을 흘리며 첸은 무슨 생각을 했을까. 흩뿌리는 비 덕분에 눈물 자국은 곧 사라질 것이다.

반대 방향에서 쌀쌀한 맞바람이 불어와 걷기가 힘들었다. 다시 택시를 잡기 위해 도로변에 서서 기다리다가 휴대폰을 꺼냈다. 액정을 확인하는 순간 온몸이 얼어붙고 말았다. 인혜에게서 부재중 전화가 와 있었다. 클럽에 있었던 시각이다. 감전된 것처럼 꼼짝할 수가 없었다. 그토록 기다리던 전화가 하필. 휴대폰 액정만 들여다보며 터져버릴 것 같은 가슴으로 서 있는 동안 택시 몇 대가 내 앞에 서려다 말고 지나쳤다.

도저히 참을 수가 없었다. 떨리는 손으로 그녀에게 전화를 걸었다. 전화 신호음이 천국의 음악 소리보다 더 요란한 울림으로 내 몸 속에 메아리쳤다. 얼마간 이어지던 신호음이 끊어지고 전화를 받을 수 없다는 메시지가 나왔다. 인혜 쪽에서 수신을 거부한 것이다.

혈관을 타고 돌던 취기가 일시에 빠져나가는 것 같았다. 나는 그 자리에 쪼그리고 앉아 얼굴을 파묻었다. 목덜미와 옷깃 틈새 사이로 차디찬 가랑비가 스며들었다. 환한 불빛이 비추더니 블랙캡이 한 대 와 섰다가 경적을 몇 번 울려 보고는 다시 떠나갔다.

그때였다. 휴대폰이 진동했다. 문자였다. 튕기듯 벌떡 일어난 나는 성급히 문자를 확인하려다가 휴대폰을 떨어뜨리고 말았다. 황망히 집어 올린 휴대폰 액정에 자잘한 금이 가고 말았지만 정상적으로 작동은 됐다. 서둘러 잠금 패턴을 풀고 문자를 확인했다. 인혜가 맞았다.

- 가장 두려워했던 일이 벌어졌어. 미안해. 쇼디치의 붉은 벽돌 아파트 마지막으로 꼭 가보고 싶었는데.

깨진 액정에 갇힌 문자도 산산이 조각나 있었다. 어디에선가 바람이 거세게 불어왔다. 바닥으로 떨어지던 가랑비는 휘몰아치는 바람에 다시 공중으로 날아올랐다. 이번에 오는 택시는 꼭 타야 하는데. 하지만 시간이 가도 도무지 차는 나타나지 않았다. 데런에게 전화를 걸어 미니캡이라도 불러 달라고 할까. 누구의 전화도 받고 싶지 않은 상황일 것이다.

기온이 급격히 떨어지는지 몸이 조금씩 떨렸다. 주머니에 손을 넣었는데 뭔가 잡힌다. 알약 두 알. 이걸 먹으면 몸이 조금 따뜻해질 것 같다. 나는 두 알을 한꺼번에 입에 넣고 천천히 씹었다. 쌉싸름하면서 떫은맛이 역해 그대로 꿀꺽 삼켰다.

5분, 10분이 지나도 블랙캡은 오지 않았고, 두 알이나 먹은 엑스터시는 아무런 효과가 없었다.

런던 인 블루

3일 뒤 서울로 돌아가는 항공편을 예약했다. 데런은 전화를 걸어와 숍 오픈식까지 보고 가라고 간곡히 부탁했지만 이제 런던에 머물 이유가 없어졌다는 내 얘기에 말을 잇지 못했다. 가기 전에 다 같이 저녁을 먹자고도 했지만 그 '다 같이'에 변호사도 포함되는 것이라면 미안하지만 사양하겠다고 정중히 말했다. 그는 화가 난 거냐고 물었다. 네 개인적인 일에 화낼 이유가 없으며 다만 가슴이 좀 아플 뿐이라고 했다. 공항에는 꼭 자신이 데려다주고 싶다는 부탁 아닌 부탁까지 거절한다면 나 스스로도 정말 화가 났다고 생각할 수밖에 없어 알았다고 한 후 전화를 끊었다. 하지만 데런은 끝까지 첸의 안부를 묻지 않았다. 전화를 끊고서야 알았다. 화가 나 있는 게 맞다는 것을.

첸은 동성 결혼 합법화 집회까지 빠져가면서 오늘 오후 차이나

타운에서 있을 대규모 티베트 독립 집회를 준비하느라 분주했다. 역대 최대 숫자의 티베트인이 집결할 거라고 했다. 영국 정부는 이번 사태의 심각성을 예의 주시하며 필요할 경우 공권력을 투입할 거라는 경고 방송을 내보냈다. 날마다 이곳저곳에서 펼쳐지는 시위문화 역시 런던을 이루는 일상의 풍경이었건만 캐머런 총리에 대한 테러 첩보가 들어왔다는 이유로 이번만큼은 좌시할 수 없다는 게 영국 정부 입장이었다. 얼마 되지도 않는 런던 티베트 교민들은 본의 아니게 중국과 영국 두 나라를 상대로 더 힘든 싸움을 해야 하는 상황이 되고 말았다.

첸이 전한 말에 따르면 테러 첩보는 정부가 꾸며낸 시위 진압용 구실이거나 어느 누군가의 장난 전화였을 거라고 했다. 영국은 티베트의 적이 아니라는 것도 분명히 했다. 나는 그가 하는 말을 전적으로 믿었다. 첸 역시 곧 한국으로 돌아갈 내게 믿는다는 말을 전했다. 시위 현장이 위험할 수도 있으니 혹시라도 오늘은 근처로 오지 말라는 당부 또한 잊지 않았다. 첸이 믿는다는 것이 무엇인지 명확하지는 않았지만 묻지 않았다. 그런 믿음이 무엇을 의미하는지 이제 중요하지 않았으니까.

내게 있어 인혜는 포기하고 싶지만 내가 먼저 포기할 수 없는 존재였다. 끝까지 내가 먼저 포기하지 않았다는 위안이라도 남는다면 이별 후가 조금이나마 견디기 수월할 거라고 믿었다. 이러지도 저러지도 못하는 관계를 그녀가 먼저 끝내주기를 바랐던 것인지도 모르겠다.

동성 결혼 합법화 투쟁이 차이기 싫은 열등한 게이들의 구제책이라고 했던 데런 얘기가 떠올랐다. 사랑에 있어서도 열등한 쪽은 늘 존재한다. 더 사랑하는 만큼 열등한 존재가 돼야 하는 잔인한 권력 구조. 10년 동안 나를 열등한 인간으로 살게 만든 인혜였지만 원망하지 않는다. 쳰이 데런을 원망하지 않는 것처럼.

어쨌든 이제 돌아가야 할 이유가, 돌아가도 될 명분이 생겼다. 인혜 전화를 기다리느라 쪽잠을 이어가야 했던 쇼디치에서의 성긴 밤도 끝이다. 가슴 밑바닥에서 용암처럼 들끓고 있던 정처 없는 두려움이 서서히 식어가고 있다는 사실을 느낄 때마다 잠깐씩 어정쩡한 웃음이 나오기도 했다.

지루하던 비는 말끔히 가셨다. 또 언제 쏟아질지 모르지만 창을 통해 들어오는 환한 햇살 만큼은 우중충한 현실을 기분 좋게 배신하고 있었다. 그녀가 늘 서 있던 그 자리에 홀로 서서 눈부시게 빛나는 바깥세상을 내다봤다. 나를 이곳으로 이끌었던 운명이 이제 나더러 다시 떠나가라 한다. 런던에 또 오게 될 일이 있을까. 한 달여 동안 이곳에 머물며 눈에 담았던 여러 이미지들이 하마드의 슬라이드 필름처럼 머릿속에 하나씩 영사됐다. 3년간 살며 기록됐던 이미지들보다 훨씬 많았다. 기억과 기록의 양은 절대 시간과 비례하지 않는다.

나른하게 창가를 넘어오고 있는 햇살이 오늘만큼은 절대 이상기후의 장난에 놀아나지 않을 것처럼 단단한 빛으로 가득 차 있었다. 투명하고 부신 빛 때문일까. 무언지 모를 안도감을 느끼며 돌아섰다. 방 한쪽 구석에서 지난 세월을 함께해준 낡은 트렁크가 묵묵히 날 기다리고 있다. 이번에도 저 가방은 버리지 못할 것 같다. 침대 쪽으로 가 두 사람과 통화하느라 중단됐던 짐을 다시 싸기 시작했다. 한 달이나 머물게 될 줄은 몰랐던 내 짐은 민망할 정도로 초라했다. 누구처럼.

모처럼의 숙면을 깨운 건 데런으로부터 걸려온 전화였다. 자정이 가까운 시각이었다. 잠결이었지만 울먹이고 있는 데런 목소리에 퍼뜩 정신이 들었다.

"유진. 쳰이, 쳰이……."

어떤 상황에서도 청산유수인 그가 평소와는 다르게 말을 잇지 못하고 있었다. 직감적으로 쳰에게 안 좋은 일이 생겼음을 알았다.

"쳰이 많이 다쳤어. 지금 세인트 바솔로뮤 병원St. Bartholomew's Hospital 런던의 종합병원. 영화와 드라마 〈셜록 홈즈〉에 등장해 관광객도 많이 다녀간다.이야. 와줄 수 있어?"

나는 생각할 겨를도 없이 이불을 박차고 일어났다. 택시를 타고 병원으로 향하면서도 내 정신은 어느 때보다 명료하고 맑았다. 차가 없는 한밤, 텅 빈 도로를 10여 분 달려 병원 응급실에 도착했다. 경찰 두 명과 함께 사색이 된 얼굴로 초조하게 서 있는 데런을 쉽게 찾을 수 있었다. 나를 발견한 그의 두 눈이 붉게 충혈돼 있었다. 첸을 찾았지만 응급실 침대에는 보이지 않았다.

"수술 중이야. 머리를 다쳤어."

어떻게 된 거냐고 다그치고 싶었지만 얼이 빠져 있는 표정을 보고는 일단 참았다. 그를 대신해 옆에 있던 경찰로부터 상황을 전해 들을 수 있었다. 첸을 다치게 한 사람들은 시위 진압을 위해 투입된 런던 경찰이 아니라 함께 시위에 참여했던 두 명의 티베트인 남자였다. 경찰은 이미 그들로부터 진술을 받아낸 상태였다.

"그가 동성애자라는 사실 때문에 무리 내에서 시위 참여를 반대하는 이들이 몇 있었나 봐. 이번 집회가 있기 전부터 모임에 나오지 말라는 경고를 계속 했는데 첸이 말을 듣지 않는 바람에……."

차이나타운으로 가기 한 시간 전 다 함께 모인 집결지에서 두 남자가 첸에게 돌아갈 것을 요구했고 첸은 그 말을 무시했다. 달라이라마를 욕되게 하는 동성애자가 같은 티베트인이라는 게 부끄럽다는 말에 먼저 화를 낸 것은 첸이라고 했다. 첸의 머리를 소화기로 가격한 남자는 충동적으로 저지른 일이라고 했고, 그렇게까지 할 생각은 없었다고 털어놨다. 다행히 소화기는 첸의 어깨를 어설프게 치며 빗나갔지만 충격 때문에 뒤로 넘어가면서 시위용 피켓을 만드느라 바닥에 놔두었던 연장통에 머리를 부딪히고 말았다. 연장통

뚜껑이 열려 있었던 탓에 첸의 머리에는 커다란 못 두 개가 박혔다. 하나는 얕게 박혔고, 다른 하나는 제법 깊이 박혀서 못을 빼내는 수술을 하고 있는 중이었다.

"전에도 첸이 게이라는 이유로 싫어하는 이들이 있다는 얘기는 들었어. 하지만 그렇다고 어떻게 같은 동족에게 그런 짓을 할 수 있지?"

말을 하면서도 머리에 못이 박힌 첸의 고통스러운 얼굴이 선연히 떠올라 숨이 턱 막혔다.

"티베트인에게 동성애는 절대 용서될 수 없는 죄라고 계속 떠들어대는 한 놈을 죽여버리려다가 경찰이 말려서 그러지 못했어."

그렇게 말하는 데런의 주먹이 부르르 떨렸다. 경찰들은 나중에 다시 오겠다는 말을 남긴 후 돌아갔고 응급실에는 나와 데런만 남았다. 수술이 끝나기를 기다리는 동안 데런은 두 손으로 얼굴을 감싸 쥐고 짧은 탄식만 간간이 내뱉었다.

정말 오랜만에 깊이 빠져들었던 잠은 오늘도 이렇게 여지없이 중단되고 말았다. 이상하게 두통은 온데간데없이 정신만큼은 맑았다. 옆에서 괴로워하고 있는 데런을 위해 생수 한 병을 사와 건넸다. 경황이 없는 중에도 고맙다는 인사를 하고는 몇 모금 물을 마시던 데런이 갑자기 머리를 부여잡고 울기 시작했다.

"도대체 무슨 일이 일어난 거지? 첸에게 왜 이런 일이 일어난 거야. 오, 신이여……."

심하게 들썩이는 그의 어깨를 감싸 안았지만 좀처럼 진정되지 않았다. 이런 모습이 흔한 병원이어서인지 가끔씩 보이는 사람들은 무신경하게 지나갔다. 데런의 울음소리가 격해지는 만큼 나는 그를 더 꼭 안았다. 내 팔을 타고 고스란히 전해지는 떨림 때문이었을까. 어느새 내 눈에서도 눈물이 흐르기 시작했다. 내 어깨를 눈물로 적셨던 지난 밤 첸의 모습이 떠올랐다. 점점 더 주체할 수 없이 흘러내리는 눈물은 누구를 위한 것일까…….

여섯 시간이 흐른 후에야 첸은 수술실에서 나왔다. 수술은 무사히 마쳤지만 아직 의식은 돌아오지 않고 있었다. 수술을 집도했던 담당 의사는 약간의 뇌출혈과 함께 깊게 박혔던 못 하나가 후두엽 쪽을 손상시키면서 시신경을 다쳤다고 했다. 의식이 돌아오더라도 한쪽 또는 양쪽이 모두 실명할 가능성이 높다는 의사 설명에 데런은 붉어진 두 눈을 감은 채 가까스로 숨을 골랐다.

머리에 붕대를 칭칭 동여매고 중환자실에 누워 있는 첸의 얼굴 위로 멍과 핏자국이 보였다. 소화기로 내리치기 전에 몸싸움이 있었다는 얘기다. 간호사가 와서 가족은 없냐고 물었다. 내가 없다고 말하자 간호사가 약간 난감한 표정을 지었다.

"제가 그의 가족이나 마찬가지예요. 이후 모든 상황은 제가 책임질 겁니다."

데런의 얘기에 간호사는 그제야 사무적인 미소를 살짝 보이고는 돌아갔다.

"데런, 괜찮아?"

그의 표정이 좀 차분해진 것을 보고 비로소 물어도 되겠다 싶었다. 괜찮으냐는 물음은 괜찮지 못한 상황에서 던지면 의미 없는 질문이 돼버린다. 데런은 고개를 끄덕이면서도 첸에게서 시선을 떼지 못했다. 내가 그를 만난 이후 첸을 향한 시선이 그토록 오래 머무는 것은 처음이었다.

"첸에게 네가 있어서 다행이야, 데런."

"내가 할 수 있는 게 아무것도 없어. 만약 그가 잘못되거나 시력을 잃게 된다면 난 정말……."

그의 표정에서는 말로 설명할 수 없는 복잡한 심경들이 소나기처럼 지나갔다.

"데런, 네 잘못이 아니야. 다 잘될 거야."

예기치 못한 사고는 종종 아무 잘못도 없는 주변인에게 까닭 모를 죄책감을 떠안기고는 한다. 동양적인 정서라고만 생각했는데, 지금 데런 심정이 그런 모양이었다. 그가 느끼는 죄책감이 어디에서부터 시작되고 있는지 전혀 모르는 바는 아니었지만 불필요한 감정 소모는 지금 이 상황에 전혀 도움이 되지 않을 것이다. 나는 이런저런 희망 어린 위로의 말을 전했지만 잔뜩 얼어붙은 한 영혼을 녹이기에는 역부족이었다. 흡수가 안 되는 소통만큼 가슴 아픈 건 없다. 잠을 설친 후유증 속에 긴장이 물처럼 풀어지면서 슬그머니 피로가 몰려왔다. 데런은 한숨도 못 잤을 게 뻔할 텐데도 두 눈을 부릅

뜨고 첸을 지키고 있다.

그날의 새벽은 어떤 날보다 길고 적막하게 이어졌다.

◇◇◇◇◇◇◇◇◇◇◇◇◇◇◇

호텔에서 짐을 챙겨 다시 병원에 들렀을 때 첸은 여전히 의식이 없는 상태였다. 의사는 수술은 잘됐으니 일단 기다려 보자고 했다. 간병인이 따로 있었지만 그는 숍 오픈식을 연기한 채 줄곧 병원에 붙어 있었다. 이틀 정도 깎지 않은 수염이 파르스름하게 올라와 있는 얼굴은 며칠 새 조금 야윈 듯했다.

첸이 누워 있는 침대 머리맡에는 사진 한 장이 놓여 있었다. 하마드가 집 2층 창문에서 찍었던 사진이었다. 얼마 전 하마드가 다녀갔다고 데런이 알려주었다. 사진 속에서 첸은 시위대 한가운데에서 손을 번쩍 들어 올린 채 우리를 보며 활짝 웃고 있다. 하마드가 담아낸 사진 속 한 장면은 이제 전혀 딴 세상 이야기가 돼버렸다.

"첸이 다시 웃을 수 있을까?"

물끄러미 사진을 들여다보고 있는 내게 데런이 건조하게 물었다.

"그는 씩씩한 드랙퀸으로 돌아올 거야."

첸의 사고로 인해 차이나타운에서 열릴 예정이었던 집회는 전면 취소됐고 다시 언제쯤 재개될지 알 수 없었다. 피해자 진술 때문에 오전에 한 번, 오후에 한 번 경찰이 다녀갔지만 여전히 의식이 없는 첸을 확인하고 빈손으로 발길을 돌렸다.

사건 당시 함께 있었던 티베트인들은 순식간에 일어난 일이라 누가 먼저 시비를 걸었는지, 어느 쪽이 먼저 가해를 했는지 정확히 기억이 안 난다고들 했다. 누군가는 첸만큼 성실하고 열정적인 사람은 없었다고 증언했고, 누군가는 같은 티베트인으로서 그의 성 정체성을 받아들이기는 정말 어려운 일이었다고 고백하기도 했다. 동성 결혼 합법화 집회와 티베트 독립 시위에 모두 참여하는 그의 인격이 정상이 아니라는 이들도 있었고, 개인의 인권과 나라의 국권은 결국 다르지 않은 문제라며 첸을 옹호하는 목소리도 있었다. 분명한 것은 이제 내가 이곳을 떠나야 할 시간이 됐다는 것, 그리고 그러기 전에 결론이 날 수 있는 문제가 아니라는 사실이었다.

나는 긴 잠을 자고 있는 첸을 보며 마음속으로 작별 인사를 건넸다. 아무런 반응도 없는 거친 얼굴에 살짝 손을 대봤다. 따뜻했다. 온기만큼은 전혀 상처받지 않은 채 싱싱했다.

첸과 짧은 작별 인사를 마치고 병원 밖으로 나와 데런을 기다렸다. 한낮 세인트 바솔로뮤 병원에는 환자보다 관광객들이 더 많아 보였다. 귀에 익은 한국어가 들려와 쳐다보니 영화 〈셜록 홈즈〉에 나왔던 병원 건물 옆 빨간 전화 부스 앞에서 한국 관광객 한 무리가 기념사진을 찍고 있었다. 젊은 부부로 보이는 남녀 한 쌍이 다가와 병원 건물을 배경으로 사진을 찍어 달라며 서툰 영어로 부탁했다.

나는 말없이 카메라를 건네받아 원하는 앵글로 찍어주었다. 두 사람은 이중창을 하듯 '땡큐 쏘우 머치'를 세 번이나 반복했다.

"이틀 동안 런던을 둘러보는 건 너무 피곤해! 내일은 아침 일곱 시에 파리로 출발이라면서?"

카메라를 받아 든 여자가 돌아서면서 투덜거렸다. 불과 이틀뿐인 런던 관광 코스에 왜 이 병원이 포함된 것인지 궁금하고 의아했다. 첸이 아니었다면 한 달을 머문 나도 스쳐가지 않았을 곳을. 어느 쪽 여행이 이상한 것인지 알 수 없었다.

허상 같은 햇살을 가르며 데런의 빨간색 쿠페가 스르르 와 섰다. 처음 공항에서 봤던 깨끗한 모습과 달리 계속되는 비에 잔뜩 더러워진 상태였다. 뒷문을 열고 트렁크를 실은 후 우리가 탄 차는 병원을 빠져나갔다. 한 달 전 히드로 공항에서 나를 태우고 올 때와는 많이 달라진 그의 옆모습이 함께했던 시간을 뭉갤 만큼 낯설었다.

"미안해. 이렇게 널 보내게 될 줄은 몰랐어."

"천만에. 지금은 그 어떤 것에 대해서든 미안한 감정을 가지면 안 될 때야. 네 새로운 사업이 걱정될 뿐."

잠시 말없이 운전만 하던 데런이 불현듯 물었다.

"첫 향수에 들어간 나쁜 향이 무엇인지 안 궁금해?"

"알고 싶지 않아. 그것이 무엇이든 아무도 모를 테고 모르는 게 좋을 테니까. 보도 자료에도 없고 노트에도 안 나오는 미지의 향으로 남겨 두자고. 어차피 세상 사람들은 베이스, 미들, 톱 노트조차 구분 못하는 걸. 그저 뿌리고 기분 좋아지면 되는 거. 그게 좋은 향수 아니겠어."

이후로 히드로 공항에 도착할 때까지 우리는 아무런 대화도 나누지 않았다. 히드로 공항 여기저기에서는 여전히 새로운 만남과 낡은 이별이 교차되고 있었다. 데런과 나는 짧은 포옹을 끝으로 헤어졌다.

출국 수속을 마친 후 테이크아웃 커피를 한 잔 사 들고 탑승 게이트로 갔다. 의자에 앉아 커피를 반쯤 비웠을 때 전화가 울렸다. 내가 묵었던 호텔 직원이었다.

"방에 손님 물건을 두고 가셨습니다. 테이블 위에 있던 향수와 사진 손님 것 맞죠? 저희 쪽에서 보관하고 있습니다."

한 달 동안 투숙했던 고객에 대한 예의로 직원 목소리는 더없이 친절하고 부드러웠다. 그 호의에 대한 답치고는 미안스러울 것 같아 잠시 뜸을 들였다.

"감사합니다. 하지만 이제 필요 없어진 물건입니다. 그냥 버려도 됩니다. 아, 향수는 여자 거니까 당신이 써도 되겠군요. 페티그레인 향을 좋아한다면요."

당황할 줄 알았던 여직원은 지금 공항이라는 내 말에 조금 더 일찍 연락을 취하지 못한 데 대한 사과를 남기고 마지막으로 다음 런던 여행 때 다시 볼 수 있게 되기를 희망한다고 덧붙였다. 나도 그러길 바란다고 한 후 전화를 끊었다. 이로써 런던과의 교감은 모두 끝난 셈이다.

얼마 있지 않아 탑승이 시작됐다. 나는 액정이 깨져 있는 휴대폰을 꺼내 전원을 끄려다가 주소록에서 인혜 연락처를 찾았다. 그녀를 사랑했던 시간은 부끄럽지 않다. 다만 두려웠을 뿐이다. 부서져 있는 그녀의 연락처를 삭제하는 것으로 오랜 세월 나를 따라다녔던 편두통도 한 줌 남김없이 사라지길 바란다.

휴대폰 전원을 끄고 이것이 마지막 임무가 될 노쇠한 트렁크를 집어 들었다. 무심코 주머니에 손을 넣었다가 뭔가가 잡혀 꺼내 본다. 플라스틱 마운트 케이스에 넣어둔 슬라이드 필름 한 장. 사진 속 여인은 여전히 불확실한 시간 속에 박제된 채 모호하며 불투명한 존재로 정지돼 있다. 나는 가방 안에서 약통을 꺼내 필름과 함께 쓰레기통에 던져 넣었다. 그리고 혼자 중얼거렸다. 미안해, 하마드.

저기 작은 출구가 보인다. 너무나 간절히 기다렸던 문이 이제 편히 들어오라고 내게 손짓했다. 런던에서 보낸 나의 안식월은 그렇게 끝나가고 있었다.

◇◇◇◇◇◇◇◇◇◇◇◇◇◇◇◇

서울 도착 후 며칠 지나지 않아 데런으로부터 메일을 받았다. 그는 자신의 향수 브랜드 론칭 보도 자료와 오픈식 행사 사진들을 보내왔다. 사진 카피라이트는 하마드로 돼 있었다. 브랜드 이름은 런던 인 블루. 런던의 비 오는 풍경과 이미지를 다섯 가지 향으로 표현했다는 첫 향수 컬렉션 이름도 런던 인 블루였다.

며칠 전 뉴스에서는 영국의 동성 결혼 합법화가 찬성 400표, 반대 175표로 영국 하원의원을 통과했다는 보도가 나왔다. 그리고 오늘 아침 뉴스에서는 티베트 망명정부 총리의 공식 발표가 있었다. 요지는 중국의 지배는 인정하지만 완전한 자치권을 보장해 달라는 내용이었다. 하나의 중국을 수용하되 홍콩 특별 행정구처럼 고도 자치를 허용하는 대장구로 지정해 달라는 것이 주요 골자였다.

첸은 아직 의식이 돌아오지 않고 있었지만 함께 집회를 이끌었던 게이 친구들은 병원에 모여 조촐한 자축 파티를 했다고 데런이 전해주었다. 나는 어떻게 지내는지 궁금하다는 데런의 메일에 짤막한 답신을 보냈다.

'나는 좋아. 아무 문제없어.'

그리고 한 마디 덧붙였다.

'먼지 가득한 서울로 돌아오니 우산이 필요 없는 런던의 비가 그립다네, 친구.'

데런에게 메일을 보내고 나서야 비로소 여행의 시간이 완전히 마무리된 기분이 들었다. 런던에서 보낸 안식월이 내게 진정한 안식이 됐는지는 더 많은 시간이 흘러 봐야 알 수 있을 것이다. 아직까지 내게는 여독인지 시차 때문인지 모를 몽롱한 후유증이 계속되고 있고 여전히 혼자 욕실에 들어가기를 꺼리며, 가끔 새벽 시간에 깨어 이곳이 쇼디치의 붉은 벽돌 호텔 방인지 내 방인지 헷갈려 한다. 한 가지 명료한 사실은 런던의 비가 그리워지고 있다는 것. 그리고 걱정했던 것과 달리 내게 아무런 일도 일어나지 않고 있다는 것이다. 이것만으로 충분하다. 이것만으로도.

88
London
W461 WGH

수상 소감

내가 그려 놓고도 어떤 그림인지 스스로 알아볼 수 없는 것이 소설이라 생각하곤 했다. 손끝에서 떨어져 나가는 순간 방향을 잃거나 다르게 해석되어 부유하는, 그래서 항상 글을 끄적거리는 동안 어둠 속을 헤매는 듯 불온한 상태에 놓였다. 내가 걷고 있는 방향이 맞는지를 수시로 확인하고 자문하느라 자꾸 뒤돌아봤다. 그러면서도 쓰는 행위를 멈추지 못하는 자신이 기묘하게 느껴지던 하루하루를 지내왔다.

당선작으로 선정됐다는 통보를 받은 뒤, 비 내리는 창밖으로 시선을 돌려 숨을 골랐다. 내가 그린 그림이 아주 틀린 그림은 아니었나. 문학은 답을 찾기 위해서가 아니라 질문을 던지기 위해 하는 작업이라던 대학 교수님의 목소리가 뜬금없이 떠올랐다. 지금까지 길을 헤매며 글을 써왔던 무수한 시간은 해답을 찾으려는 안간힘에 가까웠던 것 같다. 언제쯤 질문을 던질 만큼 내공이 쌓일지 기약이 없다.

문창과 시절부터 필사와 존경의 대상이었던 성석제 선생님께서 작품을 읽고 뽑아주셨다는 사실은 아직 거짓말 같다. 계속 글을 써도 된다는 귀한 허락을 구한 것 같아 잠시 동안 안도의 한숨을 내쉬어본다. 나는 다시 또 어제처럼 글을 쓸 것이다. 성석제 선생님은 물론 귀한 기회를 준 인터파크도서와 출판사 바람, 그리고 곁에 숨 쉬는 사랑하는 가족과 친구들에게 부끄러움 가득한 인사를 전하고 싶다.

2014년 여름의 끝 무렵, 이승민

← Way out
Visit a place full of

감정鑑定

1

수갑을 찬 채 검찰로 송치되는 한 여자의 좁은 어깨가 TV 뉴스 화면에 지나갔다. 나는 리모컨을 내려놓았다. 죄수복을 입은 얼굴이 어쩐지 낯익었다. 마른 목선과 짙은 눈썹, 핏기 없는 피부까지 눈으로 훑었을 때, 서늘한 기운이 등줄기를 쓸고 갔다. 마스크로 얼굴을 가리고 있지만 그녀는 인혜였다. 그녀가 아이를 가졌다니. 무기징역형을 선고받은 그녀가 하화도에 있는 감옥에 수감된다는 자막이 흐르고 있었다.

인터넷 뉴스를 검색하자 하단 댓글에는 그녀와 불륜을 저지른 남자가 유부남이라는 소문도 함께 묻어왔다. 여자에게만 일방적으로 무기징역을 선고한 법체계의 부조리를 공격하는 비판도 올라오긴 했지만 그녀를 향한 조롱이 대부분이었다. 나는 몇 번이고 이마를 쓸어내렸다. 미혼계급출산금지법을 어긴 무기징역수는 가족조차 면회가 허용되지 않는다는 사실을 그때까지 몰랐다.

- 앉으시라고요.

가운데 앉은 감정위원이 잔뜩 힘이 들어간 목소리로 말했다. 오일이라도 발라 놓은 것처럼 유난히 번들거리는 대머리가 거슬렸다. 감정실까지 들어와서 인혜를 떠올리다니, 나는 습관적으로 이마를 쓸어내렸다. 아내는 허리를 꼿꼿이 세운 채 등받이에서 5센티미터 간격을 두고 무심하게 앉아 있었다. 여보, 괜찮아? 다정하게 말을 건네고 싶었지만 아내는 마주한 감정위원들만 주시할 뿐이었다.

5호 감정실 안은 사방 벽과 천장, 테이블과 의자까지 모두 백색이어서 원근감이 사라진 평면 공간처럼 다가왔다. 백색과 백색 사이에 존재하는 미묘한 명암 차이에 눈이 적응하자 테이블 저편으로 나란히 앉은 감정위원 세 명이 보였다. 모두 1년 전에 보았던 치들이었고, 가운데 앉은 대머리 감정위원은 벌써 3년째 보는 얼굴이다. 세 사람 다 흰색 유니폼을 입고 있어 보호색을 띤 것처럼 보였다. 눈을 찌푸릴 만큼 부시게 내리쬐는 조명은 엄호사격보다 위압적인 기세로 그들을 수호하고 있었다.

- 기록 코드 1184번. 남편 김민기 씨, 아내 전혜리 씨. 부부 경력 5년. 최종 감정일 작년 10월 9일. 맞습니까?

백색 벽보다 더 하얀 얼굴을 지닌 왼편 감정위원이 기계적으로 차트를 읽었다. 지금 곧장 관 속으로 들어가도 될 만큼 혈색 없는 낯빛이었다. 나는 서둘러 '네'라고 대답했고, 아내는 두 번 고개를 끄덕였다. 언제나 감정위원들 앞에서도 주눅 드는 법이 없는 아내가 처음에는 존경스러웠고 나중에는 불안했고 가끔 걱정됐다.

- 두 분은 3차 감정 때부터 대화 단절, 불임 등으로 인한 관계 악화가 진단됐습니다. 그리고 작년 4차 감정 때부터 소통지수, 애정지수, 상호신뢰지수, 개선지수 이상 네 개 항목에서 평균 마이너스 6.5포인트라는 심각한 악화를 보였습니다. 최후 위기 등급인 7등급을 선고받고 1년간의 유예 기간 후 당일 최종 판정 예정입니다. 제가 읽은 내용이 맞습니까?

아내처럼 고개만 끄덕이고 싶었지만 나의 입에서는 무조건반사처럼 대답이 튀어 나갔다. 답이 너무 빨랐던지 차트를 읽은 감정위원이 잠시 나를 말없이 쳐다보았다. 해마다 치르는 연례행사쯤으로 여기고 있는 절차가 왜 적당한 시점에서 마무리되지 않는지 나는 의아했다. 사태를 이 지경까지 놔두고 있는 아내도 이해할 수 없었다. 아니, 이해한다. 감정청을 이끄는 수장이 아버지고, 그 높으신 양반의 얼굴에 행여 누라도 될까 원리 원칙대로 따라가고 있다는 것을. 혜리는 현명한 여자니. 현명한 여자가 내 아내니까.

감정위원들 모두 나를 대하는 태도와 아내를 대하는 태도가 다르다고 느껴지는 것은 당연했다. 느끼는 것이 아니라 실상이 그럴 수밖에 없었다. 태도 문제가 아니라 인식 문제일 것이다. 상황에 대한 인식, 혹은 사람에 대한 인식. 다만 그들의 당연한 태도가 전하는 무언의 메시지가 나와 아내의 신분적 차이를 체감케 할 때마다 내 자존감에서는 한 주먹씩 바람이 빠져나간다.

작년만 해도 감정위원이 읊어준 차트 내용에 대해 이의를 제기하곤 했다. 감정 악화를 받아들일 수 없고, 우리에겐 아무런 문제가 없다고. 손을 내젓거나 야유를 보내기도 했다. 아내 앞에서 근사한 남자로, 든든한 남편으로 보이고픈 마음에서 나온 말과 행동이었다. 물론 그 시발점이 출신과 배경이 남다른 아내에 대한 열등감에서 비롯됐다는 사실을 모르진 않았다. 천민 취급당해야 하는 미혼계급으로부터 내 인생을 구원해준 아내를 향해 야릇한 자괴감을 느낄 때마다 그녀는 잠깐씩 멀어지거나 아스라해졌다. 그래도 괜찮다. 나는 그녀의 남편이고, 그녀가 나의 아내라는 사실은 달라지지 않을 테니까.

- 제가 읽은 내용에 대해 부인께서도 동의하십니까?

이번에는 아내가 고개조차 끄덕이지 않았던 모양이다. 한데 왜 감정위원은 '인정'이라는 말 대신 '동의'라는 단어를 쓴 것일까. 코웃음이 났다. 고등교육을 받았다는 이곳 엘리트들의 적확한 언어 구사 능력부터 감정을 해야 하는 것이 아닐까. 아내는 다시 고개를 두 번 빠르게 끄덕였다. 두 번이라는 횟수는 과하지도, 부족하지도 않은 가장 이상적인 횟수였다. 또한 필요 이상으로 굴욕적이거나 거만하게 보이지 않을 수 있는 안전한 횟수였다.

아내는 명문 정치인 집안 출신답게 첫인상부터 타고난 듯한 기품이 어린 여자였다. 하지만 결혼 후에도 줄곧 흐트러짐이 없을 것이라곤 생각지 못했다. 밥을 먹을 때도, 옷을 갈아입을 때도, 심지어 늦은 밤 TV를 보다가 하품을 하거나 책을 읽다가 고개를 주억거리며 졸 때도 그녀는 품격을 잃지 않으려 했다. 대화할 때마다 다정하고 온화한 그녀를 흠잡을 구석이란 없었다. 나는 아내와 방귀를 틀 수 없었다. 남편 앞에서도 품위를 잃지 않는 그녀를 경외하지 않을 수 없었고, 그만큼 외로웠다.

2

감정위원 설명대로 등급이 하락하기 시작한 것은 3차 감정 때부터였다. 처음부터 1등급은 아니었지만 불과 3년 사이에 등급이 몇 계단씩 떨어지는 경우는 드문 일이었다. 나는 3년 전 아내와의 결혼 심사를 통과하기 위해 최선을 다했다. 마지막 기회이기도 했지만, 혜리를 놓칠 수 없었기 때문이다.

인혜가 결혼 심사 실패 후 내 곁을 떠난 지 석 달이 채 되지 않은 때였다. 떠난 사랑에 대한 미련은 감정청장의 딸이라는 믿기지 않는 타이틀 앞에 깨끗이 무장해제되고 말았다. 미혼 계급으로 남는다는 것은 그토록 원했던 기혼복지정책국 공무원이 되기 위해 국가고시에 응할 수 있는 기회를 영원히 얻을 수 없다는 것을 의미했다. 홀로 나를 키워온 어머니에게 부양 연금을 안겨줄 수도 없고, 근근이 생활을 이어가다 노년이 되면 군수품이나 찍어내는 허름한 실버 팩토리에서 낡은 부속품처럼 죽어가야 한다는 사실을 뜻하기도 했다. 인혜를 여전히 사랑했지만 가난하고 핍박받는 미혼 계급으로 늙어가야 한다는 공포는 사랑의 속도를 월등히 앞질러 자랐다. 아내의 등장은 그 공포의 높이를 넘기는 거짓말 같은 꿈이 돼주었다.

혜리를 처음 만난 것은 남은 한 번의 심사 기회에 대한 포기 의사를 접수하러 간 감정청 1층 민원실 앞에서였다. 비치돼 있던 수많은 서식들 중 심사포기각서를 찾아 막 이름을 적어 넣으려 할 때였다.

- 결혼할 남자를 찾고 있어요.

앞을 가로막고 선 혜리는 담담히 말했다. 윤기 어린 긴 생머리 때문에 나이를 가늠할 수 없는 얼굴이었다. 간절하게 느껴지는 목소리가 아니었건만 이상하리만치 강렬한 파장으로 발목을 붙잡는 음성이었다. 그리고 5분 뒤 감정청 지하 카페에 우리는 나란히 얼굴을 마주한 채 앉았다.

- 전 이미 두 번이나 탈락한걸요. 조건도 안 좋은데다가 두 번의 탈락 이력이 불리하게 작용할 겁니다.

- 몇 번 탈락했느냐가 중요한 게 아니라 마지막 기회를 저와 함

께 할 의사가 있는지에 대해 묻는 거예요.

서두르거나 불안한 기색이 전혀 없는 혜리에게서 방금 전까지 완벽하게 포기했던 결혼에 대한 희망의 씨앗을 다시 파묻고 있었다. '왜'로 시작되는 질문은 던지지 않았다. 혜리 역시 '때문이에요'로 끝나는 설명을 하지 않았다. 인과의 법칙이 거세된 대화 속에서 둘 사이의 희망과 도전의 스토리는 싹을 틔웠다.

- 우리 잘 해봐요.

짤막한 대답을 남기고 돌아서는 그녀의 뒷모습이 붉게 물드는 노을에 완전히 묻혀 사라질 때까지 나는 시선을 거두지 못했다.

그녀가 감정청장의 딸이라는 사실을 알게 된 것은 1단계 심사 때였다. 메가 데이터 융합 프로그램을 통해 기본적인 신상 정보의 매칭률을 분석하는 심사가 끝날 때까지도 나는 모르고 있었다. 1단계 합격 여부를 통보받으러 들어간 3호 감정실 수석 통보관이 혜리에게 뭔가를 찔러주며 '청장님께 말씀 좀 잘 드려주십시오'라고 하는 말을 들었을 때. 더 정확히 말하면 그 말을 들은 혜리가 상대가 찔러준 뭔가를 엷은 미소와 함께 되돌려주었을 때 둔한 나의 머리는 비로소 상황이 어떻게 돌아가는지 눈치챌 수 있었다.

1단계 심사를 거친 우리는 기혼 계급의 생활 법률과 결혼조약 백서에 관한 네 가지 과목의 필기시험을 통과한 후 다섯 명의 전문 감정단과 면접까지 속전속결로 해치웠다. 치프 어프레이저(Chief

Appraiser)라 불리는 최고위 감정위원 3인이 입실한 가운데 실제 성교의 매칭 그레이드를 측정하는 파이널 테스트까지 통과해 기혼 계급으로 무사히 안착하는 커플은 소수에 불과했다. 그 숫자가 적으면 적을수록 매해 신년 아침마다 기혼 계급에게만 주어지는 무소불위의 권력과 특권의 가치를 설파하는 총리 연설은 길어지고 목소리는 더 높아졌다.

마지막 순간까지 심사는 순조로웠다. 파이널 테스트에서는 혜리가 너무도 열정적으로 임해 감정위원이 입실해 있다는 사실을 의식하지 못할 정도였다. 나는 집중적으로 그녀의 작은 유두와 깨끗하게 털을 정돈한 음부를 공략했다. 그녀가 탄식과 같은 신음을 터트릴 때마다 나는 만난 지 얼마 안 되는 그녀를 사랑한다고 되뇌었다. 삽입의 정도에 따라 그녀는 즉각적으로 반응했다. 어느 순간 눈가가 젖어드는 그녀를 목격한 것도 같았다. 나는 비로소 그녀의 배경과 힘을 이용해 기혼 계급으로 가는 막차에 무임승차한 것이 아니라는 생각을 가질 수 있었다. 성교 테스트가 끝난 후 쏟아졌던 평가위원들의 폭발적인 박수와 환호, 그리고 역대 최고 기록을 세웠던 점수가 그것을 분명하게 증명해주었다.

- 잘했어요. 나는 말이에요, 가지지 못한 자들의 불결한 욕망이 나를 향할 때 쫄깃한 쾌감을 느껴요. 이미 다 이룬 사람은 건조하고 심심해. 지금처럼 나를 격렬히 사랑하고 소유해줘요. 그러면 당

신은 끝까지 행복할 거예요. 내 곁에서.

탈의실에 들어온 혜리는 순전히 내 노력과 실력에 의해 우리가 합격할 수 있었다며 어깨를 토닥였다. 먼저 샤워실에 들어간 그녀를 위해 내 손등보다 작은 실크 팬티와 예상보다 커 보이는 브래지어를 가지런히 챙겨두었다. 그녀를 위해 할 일을 찾았던 것 같다. 거침없는 섹스를 마친 후였지만, 왠지 그녀의 샤워를 방해하면 안 될 것 같았다. 재킷을 두어 번 털어서 속옷 옆에 나란히 놓아두려는데 반듯하게 접힌 종이 한 장이 바닥에 떨어졌다. 몇몇 이름이 적힌 메모지였는데, 세 번째 줄에서 내 이름도 눈에 띄었다.

- 버려도 좋아요.

어느새 배스 타월로 몸을 가린 혜리가 나와 있었다. 향긋한 샤워 코롱 냄새가 코끝에 닿았다.

3

행복한 결혼 생활도 중요했지만 기혼 계급이 된다는 것은 상상 이상의 희열을 선사했다. 이를테면 얼마 지나지 않아 두툼한 은박 용지에 개인 이름이 엠보싱 형태로 새겨진 총리 투표 안내문을 받게 될 일이라든가, 미혼 계급에는 청약 기회조차 없는 컨버전스 노블 실버 타워에 당당히 입주하게 될 모습 같은. 꼬리에 꼬리를 무는 상상의 나래만으로도 결혼 후 1년은 무릉도원의 하루처럼 지나갔다. 물론 그보다 값진 것은 평생 고생만 한 노부모에 대한 막대한 복지 지원 혜택을 받는 것과 출산권을 부여받을 수 있다는 사실이었다.

아주 가끔 인혜를 떠올릴 때가, 아니 떠오를 때가 있긴 했다. 만약 그녀와 결혼 승인 심사를 무사히 통과했다면 지금쯤 어떻게 돼 있을까. 혜리가 최고의 신부이자 반려자인 것이 확실한 만큼 불온한 상상을 떠올릴 때마다 나는 죄짓는 기분이 되곤 했다. 인혜의 몸을 탐하는 꿈을 꾸다가 "여보, 미안해!"라고 소리 지르며 깬 적도 있다. 다행히 아내는 잠에서 깨지 않았지만 그 흥분 어린 꿈이 맴돌아 새벽까지 잠을 이루지 못했다. 이후로도 그래서는 안 된다는 생각과 다시 꿈속에서 인혜를 만나고픈 욕망 사이에서 가끔씩 심란한 마음에 젖어들곤 했다.

희멀건한 오른편 감정위원이 기침을 하는 소리에 나는 인혜의 알몸을 머릿속에서 밀어내며 백색의 현실로, 아내의 옆자리로 돌아왔다.

- 7등급 판정에 따른 최종 경고를 받았던 작년 감정일 이후 1년 동안 두 분 일상을 낱낱이 점검해보았습니다.

'낱낱이'라는 단어가 물먹어 축축해진 귀지처럼 귓속을 불쾌하게 건드렸다. 왼편의 매부리코 감정위원이었다.

- 그리고 비정상적 징후가 발견되기 시작한 3차 감정 때부터의 자료들 또한 재차 면밀히 검토해보았습니다.

감정위원은 양손으로 까만색 펜을 만지작거리며 말을 이어 나갔다.

- 처음에는 불임에 따른 대화 단절과 커뮤니케이션 부재가 주요한 원인으로 분석됐으나 수차례에 걸친 비디오 판독 과정에서 이제까지와는 좀 다른 성격의 문제를 발견했습니다.

매부리코가 오른쪽을 향해 고개를 끄덕이자 줄곧 말없이 앉아 있던 오른편 감정위원이 리모컨을 집어 벽면의 대형 모니터를 켰다. 왼편 상단에 'PLAY' 표시가 나타나고 곧이어 CC-TV로 녹화된 화면이 나왔다. 이미 그들에 의해 필요한 부분만 편집된 듯 딱히 언제 것인지 알 수 없는 섹스 장면들이었다.

나는 아내를 돌아봤다. 그녀는 모니터를 보고 있지 않았다. 동영상을 제출한 게 당신이야? 마음속으로 물었다. 모든 집에는 의무적으로 CC-TV가 설치돼 있지만 매년 정기 감정 시 자료로 제출하는 것은 어디까지나 일상적 범위 내의 것들이었다. 이처럼 부부 성생활이 노골적으로 담긴 영상을 제출하는 일은 범죄와 관련된 일 외에는 강제성이 없었다.

어깨까지 들썩이며 일정한 속도로 피스톤 운동에 집중하는 저 사내가 나란 말인가. 섹스 장면 대부분은 실내가 어두운 탓에 화면으로 보이는 아내의 표정이 어떤지 잘 파악되지 않았다. 한쪽 천장을 망연히 주시하거나 가끔 CC-TV를 응시하는 듯했다. 여자의 한 쪽 허벅지를 들어 올리며 체위를 바꿔보려는 남자의 노력에 여자는 불편한 듯 상대 어깨를 내리쳤다. 다시 실룩거리며 아내의 사타구니를 파고드는 탄력 없는 엉덩이가 클로즈업될 때 나는 고개를 돌렸다.

아내와 나눈 섹스를 동영상 화면으로 보는 건 당연히 처음이었다. 화면 속에서 출렁이고 있는 나의 등이 낯설고 불편했다. 내 움직임과 비교해 아내는 다소 수동적인 것처럼 보였다. 신혼 때와 달리 잠자리의 주도권이 나에게 많이 넘어왔다는 것을 의미하므로 크게 신경 쓸 일은 아니었다.

가끔 아내가 적극적으로 품에 파고들 때면, 피 냄새를 맡은 상어처럼 내 입술과 가슴을 거칠게 물어뜯곤 했다. 쾌감보다는 아픔을 선사하는 그녀의 행위들이 또 다른 애정 표현이라 생각하면 아픔조차 잠시 쾌감이 됐다. 기혼 계급이 된 후 한동안은 그랬다.

종종 아내 손에 이끌려 나가야 했던 기혼 계급 파티에서도 출신이 의심스러운 나를 향해 보이지 않는 무시와 비아냥이 쏟아질 때마저 나는 아픔을 쾌감이라 생각했다. 열심히 생각하면, 감각과 감정조차 달라질 수 있다고 믿었다. 자리에 어울리지 못하고 구석에 서 있기라도 하면 아내는 자애로운 미소를 띠며 다가와 손목을 잡고 당당하게 무리 한가운데로 나아갔다. 그러면 사람들은 아내

아내에게 보여주었던 것과 똑같은 미소를 잠시나마 내게도 베풀었다. 그토록 고마운 아내인데 가슴이 찢어지는 고통이면 어떻고 개무시를 당하는 쓰림이면 어떨까. 상관없었다. 나는 이미 이 시대의 축복받은 기혼 계급이지 않은가.

물론 결혼 승인 심사 당시처럼 적극적으로 나를 끌어안던 아내의 모습은 신혼 기간 이후 좀처럼 찾기 어려웠다. 성욕을 표출하는 쪽은 언제나 나였다. 아내의 사랑이 시간의 흐름에 따라 폭우에서 소나기로, 소나기에서 부슬비로 바뀌는 것은 이상할 것 없는 일이었다. 내가 폭우가 되면 됐고, 내가 소나기가 되면 되는 일이다. 한 달에 한 번, 석 달에 한 번 아내는 띄엄띄엄 상을 주듯 다리를 벌렸다. 결혼조약백서에 명기된 횟수를 넘기는 법은 없었다. 폭우가 되어 부슬비를 지배하는 기분은 새로운 쾌감이 되었다.

- 뭔가 이상한 점을 느끼지 못하겠습니까?

계속되는 섹스 장면이 무미건조하고 기계적인 몸짓으로 와 닿을 때쯤 매부리코가 물었다.

- 초기 화면으로 가보지.

두 사람에게서 아무 대답이 나오지 않자 매부리코는 리모컨을 쥐고 있는 감정위원에게 지시했다. 그가 역탐색 버튼을 눌러 화면을 앞쪽 어느 시점인가로 되돌렸다. 또다시 비슷해 보이는 섹스 장면이 이어졌다.

- 지금 보시는 화면은 결혼 당시부터 그 다음 해까지 2년 동안의 녹화 분을 편집한 것입니다. 이때만 해도 두 분은 아주 성실하고 모범적인 성교를 보여주고 있습니다. 기혼문화복지정책국에서 권장하는 체위와 순서를 잘 따르면서도 서로 감정적인 교감에 충실한, 전혀 문제될 것이 없는 행위라고 판단됩니다. 그런데 다음 화면을 봅시다.

매부리코가 눈짓을 하자 다시 오른편 감정위원이 또 다른 화면을 모니터에 띄웠다.

- 지금 나오는 게 3년째 되던 해의 것인데…….

잠시 뜸을 들이던 매부리코가 한 손으로 차트를 뒤적였다.

- 아시다시피 감정 평가 등급이 급격히 하락했던 3차 감정 때입니다.

나의 귀에 아내가 내쉬는 짧은 한숨 소리가 들려왔다. 그녀는 고개를 조금 숙인 채 팔짱을 끼고 있었다. 약간 골똘한 표정을 짓고 있었지만 얼핏 보면 무료함을 이기지 못해 좀이 쑤시는 모습처럼 보이기도 했다.

나는 아내가 계속 신경이 쓰였지만 화면에 집중하려고 노력했다. 대화 단절과 불임 등의 문제로 등급이 하락하기 시작했던 시점이지만 별다른 변화나 특이한 점을 발견할 수는 없었다. 3년째 반복되는 섹스는 습관적 행위에 뒤따라오기 마련인 일상적 지루함으로 넘어가기 직전, 그 모호한 경계에 놓여 있는 것 같기도 했다. 여전히 화면 속 아내의 표정은 어둡고 흐렸으며 애매하고 부정확했다. 마치 그녀 얼굴에만 티 안 나게 모자이크 처리를 해놓은 것은 아닐까 의심이 들기도 했다. 언제부터 섹스할 때 아내의 동공에서 감정이 사라졌을까. 섹스할 때는 정작 보지 못했던 그녀의 표정이 영상을 통해 느껴지는 순간 기이한 의문이 생겼다.

4

감정위원들이 지적했던 대화 단절과 불임 문제에 대해서도 나는 억울한 면이 없지 않았다. 24시간 녹취되는 부부의 대화를 단어 수로 환산해 보여준 그래프가 완만한 하향 곡선을 그리고 있었지만 누구나 그럴 수밖에 없는 일 아니냐고 미처 따져 묻질 못했다. 불임 역시 인간의 의지를 벗어난 문제라고 항변하고 싶었으나 늘 어쭙잖은 용기는 두려움을 이기지 못했다.

1년에 한 번씩 받게 되는 정기 감정에서 대부분은 2등급이나 3등급을 유지하는 것이 보통이었다. 드물게 4등급에서 5등급 사이를 오가는 경우가 있지만 일시적으로 찾아오는 권태기 탓이거나 긴장이 떨어진 데서 오는 사소한 실수 때문인 경우가 많았다. 그럴 때마다 모든 부부는 감정위원의 진단과 처방에 따라 성실하고도 열성적인 노력을 기울여 다시 정상 등급을 회복하고는 했다. 우리처럼 7등급까지 떨어지는 일은 극히 드문 게 사실이었다.

더 이해할 수 없는 일은 지금까지 오는 동안 아내가 단 한 번도 이의를 제기하지 않았다는 점이다. 아내는 이곳 최고 책임자의 딸이고 나는 그런 딸의 남편, 감정청장의 사위 아닌가. 이 말도 안 되는 상황을 언제까지 잠자코 당하고 있어야 하는 것일까. 저항하고픈 의지를 그녀 식대로 표현하는 것은 아닌지 생각하기도 했다. 똑똑하고 지혜로운 그녀가 자신만의 방식으로 현실을 조롱하고 저들의 권위를 감시하는 것이라고. 감정청장의 딸이자 사회 지도층으로서 갖는 도덕적 책무를 실천하고자 함이었다면 얼마든지 아름답게 봐줄 수 있다. 여보, 당신의 의도는 충분히 알았으니 이쯤에서 그만해요. 통과의례도, 책임과 도리도 이제 할 만큼 했어요. 열심히 텔레파시를 쏘아댔다.

귀찮고 번거로운 절차이긴 하지만 해마다 연례행사를 치를 때면 새로운 자극을 받게 되기도 한다. 정기 감정 때마다 감정위원은 늘 똑같은 질문으로 시작한다. 두 분 모두 기혼 계급으로서 품위와 책무를 굳건히 지킬 것을 서약한 마음에 변함이 없습니까? 결혼조약백서 위에 손을 얹은 남편과 아내는 가장 순결한 표정으로 '예'라고 답한다. 나는 그 의례적인 행위가 주는 신성한 자극에 매번 놀라곤 한다. '예'라고 답하는 순간 진정 기혼 계급으로서의 품위와 책무를 굳건히 지켜왔는지, 결혼식을 올리던 당시의 다짐에 정말 변함이 없는지 냉정히 되돌아보게 하는 매우 간단하고도 강력한 방법이었기 때문이다.

- 두 분의 성교 장면만을 따로 편집해 보여드리는 데는 그럴 만한 이유가 있습니다.

발언권은 다시 대머리 감정위원에게로 넘어갔다. 세 사람은 미리 대본이라도 정해 놓은 듯 어떤 순서에 자신이 입을 열어야 하는지 정확히 알고 있는 것 같았다. 똑같은 무채색의 방 안에서 늘 같은 심사를 하고 늘 비슷한 이야기를 떠들어야 하는 저들에게도 무료함과 공허함은 있을 것이다. 나는 마음이 좀 편안해진다.

- 계속 대화 단절이니 불임이니 하는 지엽적인 문제들만 지적해왔는데, 두 분의 성교 장면을 따로 검토해보다가 그동안 발견하지 못했던 다른 증상을 찾아낼 수가 있었습니다.

'증상'이라는 단어에 나의 심장이 약한 전기 자극을 받은 듯 꿈틀거렸다. 문제가 됐던 심장의 신경을 차단하는 간단한 시술을 받은 후 부정맥 증상은 완전히 없어졌는데, 그때 이후 처음으로 10초 정도 다시 빈맥(頻脈)이 나타났다. 그냥, 기분에 그런 것일 게다. 결혼 후 나는 잠자리에 들려고 할 때마다 심장이 빠르고 불규칙하게 뛰는 증상 때문에 침대로 가기 전 몇 번이고 심호흡을 해야 했다. 그것이 부정맥 때문이라는 걸 알았을 때 다행이라 생각하면서도 한편 아쉬웠다. 아내 때문에 심장이 뛰는 것인 줄 알았다. 아내의 옆에 나란히 눕는 설렘이 불러온 두근거림이길 바랐다.

사랑하지 않는 것이 아니라 감히 사랑할 엄두를 내지 못하고 있다는 생각이 들 때면 머나먼 섬에 수감돼 있는 인혜가 떠올랐다. 그리움은 아니었다. 가끔 알 수 없는 이유로 흠집이 나곤 하는 무의식의 표피를 뚫고 채 희석되지 못한 감성의 찌꺼기가 고름처럼 흘러나오는 것일 뿐. 고름을 훔치듯 쓱 닦아내면 그만일, 사소하고도 하찮은 기억이었다.

- 남편께서는 지금 저 화면을 보면서 뭐 느끼시는 거 없습니까?

대머리 감정위원이 감정실에 들어온 이후 처음 나를 정면으로 응시하며 물었다. 초면도 아닌데 그의 눈빛이 오늘따라 낯설었다.

- 있어요.

뜻밖에 입을 연 것은 아내였다. 그녀는 줄곧 아래를 향해 있던 고개를 천천히 들었다. 붙인 거 아니냐고 다들 물어볼 만큼 길고 풍성한 속눈썹이 정확히 위를 향해 아찔하게 꺾여 올라가 있다. 이슬도 머물러 갈 것 같은 곡선이다.

- 네, 그럼 부인께서 말씀해보시죠.

대머리 감정위원이 아내를 향해 고개를 살짝 트는 순간 그의 머리통에서 번쩍하고 섬광이 빛났다. 나는 잠시 두 눈을 찌푸렸다.

- 폭력적이에요.

낮지만 분명한 발음으로 아내가 말했다. 그녀를 쳐다봤다. 여전히 이쪽으로는 전혀 시선을 주지 않았다. 불과 1미터 정도의 거리. 남편이 바로 옆에 있다는 것을 의식하고 있긴 한 것일까. 나라면 이편을 바라보는 아내의 시선을 단번에 느끼고 알아봤을 텐데.

5

- 흥미로운 지적이군요. 조금 더 구체적으로 말씀해주시겠습니까?

그때까지 아무 표정이 없던 대머리 감정위원 얼굴에 묘한 웃음이 피어올랐다. 모니터를 단 한 번도 쳐다보지 않고 있던 아내가 그런 대답을 했다는 것 때문에 더 이상했다.

- 저건 섹스가 아니라 폭력이라고요. 더 이상은 말하기 싫군요.

대머리 감정위원이 양 손가락을 깍지 끼어 턱에 괴고는 계속 기분 나쁜 웃음을 흘렸다. 입을 닫은 아내는 앞쪽으로 흘러내린 머리카락을 오른쪽 손으로 쓸어 넘겼다. 풍성한 머릿결이 탐스럽게 출렁이며 뒤로 차르르 넘어갔다.

나는 헷갈렸다. 무엇이 폭력이고 누구에 의한 폭력이라는 것인지. 잠시 침묵이 흘렀다. 감정실 안에 있는 다섯 사람의 호흡과 동작이 모두 일시에 멈춘 듯했다. 계속해서 이어지고 있는 두 사람의 섹스 장면만이 시간이 흐르고 있음을 알려주고 있었다. 방 안 가득 차오른 정적이 조금씩 나를 숨 막히게 만드는 것 같았다. 헛기침이라도 하고 싶었지만 이상하고 찝찝한 적막에 금이 갈까 봐 두려웠다.

- 부인께서 폭력이라고 하셨습니다. 남편은 어떻게 생각하세요?

갑자기 나에게 날아온 화살에 당황했다. 말 한 마디라도 잘못하면 큰일이 날 것 같은 불안감이 뒤이어 엄습했다. 감정위원들은 침착하고도 끈질기게 나를 쳐다보며 대답을 기다렸다. 나는 다시 한 번 화면 쪽으로 시선을 돌렸다. 하지만 아무리 보고 또 봐도 두 사람의 행위에서 한두 해 전과 크게 달라진 것은 발견할 수 없었다. 바뀐 것이라고는 침대 시트 색깔과 협탁 위 작은 소품들, 그리고 두 사람이 입고 있는 옷과 같은 사소한 것들뿐이었다.

- 말씀이 없으시군요. 아마도 남편께선 아직도 잘 깨닫지 못하고 계신 거 같습니다. 좋아요. 더 시간 끌 것 없이 제가 설명을 하죠.

깍지 끼고 있던 두 손을 풀고 차트를 살피느라 잠시 입을 닫았던 대머리는 설명하고자 하는 부분을 찾았는지 손가락으로 한 부분을 짚어 내려가면서 말을 이었다.

- 부인께서 정확히 짚어낸 부분을 남편께서는 전혀 눈치채지 못하셨습니다. 이것은 그간의 폭력 혹은 폭력성이 가해자조차 느끼지 못할 정도로 오랜 시간에 걸쳐 습관처럼 행해졌다는 것을 의미합니다. 하지만 그 어떠한 폭력도 피해자에게는 절대 습관이 될 수 없다는 것 또한 말해주고 있죠.

나는 대머리 감정위원이 피해자니 가해자니 하는 단어까지 섞어가며 지껄이고 있는 말들을 잘 해석할 수 없었다. 마치 알아듣기 힘든 이론 서적의 한 대목을 읽어 내려가는 것 같았다. 좀 쉽게 설명해줄 수는 없나요? 이번에도 입안에서만 맴도는 말을 그대로 꿀꺽 삼켰다. 나의 심경이 어떠하든 상관없다는 듯 대머리 감정위원은 설명을 이어갔다.

- 결혼조약백서에 따르면 결혼으로 성립된 부부의 관계는 철저히 수평적이고 평등해야 한다고 명시돼 있으며, 이 관계의 균형을 일방 혹은 쌍방이 해치는 순간 기혼 계급으로서의 모든 자격과 권리는 국가의 판단에 의거, 귀속 조치될 수 있다고 나와 있습니다. 저와 같은 폭력적 성행위는 부부의 평등하고도 대등한 관계를 무너뜨리는 비인륜적, 반인권적 행위라고 하겠습니다. 또한 신성한 기혼사회의 계급 구조와 존엄성의 근간을 흔드는 심각한 범법 행위라고 할 수 있죠.

가만히 듣고만 있던 나는 대머리 감정위원의 표정에 '앗' 소리를 지를 뻔했다. 시종일관 무표정한 얼굴로 얘기하던 그의 낯빛이 어느새 섬뜩하게 변해 있었기 때문이다. 그의 시선이야말로 무섭도록 폭력적이라고 느꼈다. 뙤약볕처럼 내리쬐고 있는 조명과 그 빛을 되쏘는 대머리의 반사광은 그보다 더 폭력적이었다.

- 그러니까 제가 폭력의 가해자고 아내가 피해자라는…… 제 폭력성으로 인해서 평등했던 저희 부부 관계가 심각하게 망가졌다

는…… 뭐 그런 뜻인가요? 아직 이해가 잘 되진 않지만 듣고 보니 제가 뭔가 잘못을 한 것 같긴 한데 말이죠…….

막상 말문을 열었지만 나의 머릿속에서는 도통 생각과 말이 정리되지 않았다.

- 좋습니다. 그렇다고 칩시다. 저도 모르는 사이에 제 아내에게 뭔가 폭력적인 행위나 간접적 형태의 폭력을 행사했다고 말이에요. 하지만 그것은 전혀 의도된 것이 아닙니다. 아내에게 폭력적 욕구를 느꼈던 적은 단 한 번도 없어요. 전 전혀 느끼지 못한 제 폭력성을 당신들은 어떻게 알 수 있는 거죠? 대체 어떤 부분이 폭력적이라는 건지 말입니다.

나는 결국 가장 이해할 수 없는 대목을 질문했다. 흥분한 탓인지 목소리가 어느새 불규칙하게 떨리고 있었다.

- 지금까지 보셨잖습니까. 당신이 부인에게 어떻게 폭력을 휘둘렀는지.

묵묵히 듣고만 있던 매부리코가 나섰다. 그의 어조 역시 좀 전과는 확연히 다르게 강경했다.

- 계속 반복되는 저 섹스 장면을 말하는 것인가요? 아니, 전 모르겠습니다. 제가 잠자리를 하면서 아내를 때리거나 거칠게 다룬 것도 아닌데 대체 무엇으로 폭력성을 판단할 수가 있는 것인지.

나의 질문에 매부리코가 신경질적으로 펜을 놓으며 대꾸를 하려고 하자 대머리 감정위원이 손으로 저지를 했다. 대신 자신이 설명을 이어갔다.

- 그건…….

시선은 매서웠지만 목소리만큼은 여전히 차분함을 유지하고 있었다.

- 그것은 당신의 피스톤 운동으로 알 수 있습니다.

- 피스톤 운동이요?

- 삽입 운동의 횟수를 말하는 겁니다. 분당 피스톤 운동의 횟수가 시간이 갈수록 과격하게 늘어나고 있어요. 적정 횟수를 지켜야 함에도 불구하고 당신은 이미 3년 차 때부터 그 수치가 급격하게 늘기 시작했습니다. 그것이 당신의 폭력성을 입증하는 가장 분명한 근거죠.

- 적정 횟수라니요? 그런 것이 있었다고요? 난, 난 몰랐어요.

- 결혼조약백서에 다 들어 있어요. 꼼꼼히 읽어보지 않은 당신 잘못입니다.

나는 뒤통수를 맞은 기분이었다. 결혼조약백서는 결혼 전에 세 번이나 정독했다. 한데 순간의 감정과 흥분 상태에 따라 오르내리기 마련인 그 수치라는 것의 적정치가 결혼조약백서에 정해져 있다니.

- 믿을 수가 없습니다. 난 그걸 세 번이나 읽었다고요. 하지만 어느 조항에서도 그런 설명을 본 적이 없어요.

대머리 감정위원이 짧게 한숨을 내쉬더니 한 손으로 쥐기도 어려울 만큼 두꺼운 결혼조약백서를 집어 들었다.

- 결혼조약백서 개정판 성관계 총론 12조 138항에 새롭게 조항이 추가돼 있습니다. 당신이 못 본 게 맞습니다.

결혼조약백서가 개정이 됐다는 사실은 금시초문이었다.

- 개정판? 언제 개정이 됐다는 말이죠?

- 그것까지 우리가 설명할 이유는 없을 것 같군요.

- 말도 안 돼요. 우리는 모두 전혀 모르는 내용입니다.

- 부인께서도 개정 사실을 모르고 계셨나요?

매부리코 감정위원이 건조한 음성으로 아내에게 질문을 던졌다. 나는 그녀를 물끄러미 바라봤다.

- 여보, 어서 얘기해봐.

나는 초조하게 아내의 대답을 기다렸다. 그녀는 다시금 숙이고 있던 얼굴을 들어 매부리코 감정위원을 똑바로 쳐다봤다.

- 알고 있었어요. 기혼복지정책국에서 보내온 새로운 개정판은 집 서재 서가에 분명히 꽂혀 있어요.

아내의 표정이 하도 차분해서 그녀가 거짓말을 하고 있다고는 전혀 생각할 수 없었다. 거짓말을 할 이유 또한 없었다.

- 여기에 있는 네 사람은 모두 알고 있는 사실을 김민기 씨 한 사람만 모르고 있었군요. 할 말이 있나요?

6

한낮의 태양을 직시할 때처럼 갑자기 눈이 부셔오는 느낌이었다. 아니, 정신이 아득해지는 것을 그렇게 느꼈는지도 모르겠다. 앉아 있는데도 바보처럼 어딘가에 앉고 싶다는 생각이 들었다. 숨을 쉬고 있으면서도 숨을 쉬고 싶다는 비논리적인 욕망이 정신을 혼란스럽게 만들었다. 할 말이 더 있느냐는 감정위원의 질문이 꼭 잡아야 할 동아줄처럼 여겨졌지만 어떻게 손을 뻗어야 하는지 방법을 찾을 수가 없었다.

- 이제 인정하시나요?

내가 침묵을 지키는 동안 시간은 차곡차곡 흘렀다.

- 김민기 씨. 김민기 씨?

반복해서 들려오는 나의 이름이 최면을 거는 주문 같았다. 아득한 현기증이 일어 천천히 고개를 숙였다. 심장이 다시 불규칙하고 빠르게 뛰기 시작했다. 아무래도 부정맥이 재발한 모양이다.

- 잠깐 시간을 좀 주세요.

아내의 말에 온갖 권위적인 표정들을 지어내던 감정위원들이 '네, 네' 하며 부랴부랴 서류를 챙겨 밖으로 나갔다. 그들이 사라지고 정적이 찾아오자 마치 진공의 공간에 갇힌 것 같은 느낌이 들었다. 나는 힘겹게 입을 뗐다.

- 당신이 이렇게 한 건가? 왜지…….

아내는 표정이나 태도에 별반 변화가 없었다. 그 담담함 혹은 덤덤함이 사람을 더 미치게 만들었다.

- 그녀를 만나러 그 섬에만 가지 않았어도 이렇게까지 되진 않았지.

아내와 나 사이에 순식간에 얼음의 강이 생겨났다. 저편에 닿기가 암담한 까마득한 너비의 강. 언제부터 알았던 것일까. 어디까지.

- 결혼 전 당신에 대한 신상 조사를 끝냈다는 사실을 알고 있었을 텐데, 설마 그 부분만 빠졌으리라 생각하는 건 아니겠지? 유부남과 사랑했던 그녀가 왜 혼자만 그 머나먼 섬까지 가야 했겠어. 그냥 보내버리면 될 줄 알았는데. 아버지 강압에 못 이겨 내로라하는 집안 남자와 결혼했다가 실패하고 나니 문득 복수가 하고 싶어졌어. 당신 같은, 기혼 계급이 되지 못해 환장한, 그러나 가진 것은 없어서 내가 구원의 손길만 뻗어주면 개처럼 충성할, 그런 미천한 출신의 남자가 필요했지. 그렇게 손을 잡아줬으면 끝까지 본분을 지켰어야지.

그녀가 이혼녀였다니. 이혼하고도 이렇게 멀쩡히 살아 있는 내 아내를 나는 물끄러미 바라봤다.

- 그럼 나 때문에 인혜가 그렇게까지 됐다는 얘기야?

비로소 아내는 나를 바라보며 살짝 웃었다. 저렇게 웃어준 기억이 너무 오래 전 일이다. 내게 거짓말처럼 다가와 따뜻한 손을 내밀어주었던 혜리의 웃음이다. 그녀의 얼굴과 인혜의 얼굴이 홀로그램처럼 흔들리며 겹쳐졌다. 큰 용기를 내 하화도를 찾아간 것은 사실이다. 하지만 미혼계급출산금지법을 어긴 무기징역수는 가족조차 면회가 허용되지 않는다는 사실을 몰랐던 탓에 헛수고가 되고 말았다. 섬을 지천으로 수놓고 있던 들꽃 향기만 어렴풋한 기억으로 남았을 뿐……. 속에서는 다이너마이트 서른 개가 폭발하는데 표정을 뚫고 나오지 못한다. 왜. 나는 왜. 그녀는 왜. 너는 왜…….

7

아내가 식당에서 웨이터를 부르듯 엄지와 중지 손가락으로 '딱' 하며 핑거스냅 소리를 냈다. 문이 열린 후 누군가 들어오는 발자국 소리가 동굴 속 메아리처럼 어지럽게 울렸다. 곧이어 나의 두 손에 수갑이 채워졌고, 겨드랑이 사이로 두 남자의 팔이 쑥 들어오더니 몸 전체가 힘없이 들어 올려졌다. 여보, 혜리! 있는 힘껏 외치고 싶었지만 아무 소리도 낼 수 없었다. 문 밖으로 끌려 나가는 나의 등 뒤로는 싸늘한 정적만이 그림자를 대신해 길게 드리워져 있을 뿐이었다.

그 끝에, 아름다운 혜리가 앉아 있었다.

이승민 작가
인터뷰

아주
새로운 소설가,
이승민

2014년 여름, 인터파크도서가 주최한 제1회 K-오서 여행소설 공모전의 까칠한 심사를 뚫고 당당히 당선작으로 선정된 이승민 작가의 〈런던의 안식월〉. 최근 그 어느 소설 심사 때보다 좋은 작품을 발견한 것 같다며 칭찬을 아끼지 않았던 소설가 성석제의 흡족한 심사평이 아니더라도 순수한 사랑과 불륜, 대단히 모던하거나 아예 빈티지한 런던의 골목, 티베트 독립 운동과 게이 커플, 패션지 에디터와 불온한 여행자 등 이질적 소재들이 뒤엉켜 드라마틱한 여정을 만들어내는 이 소설을 당선작으로 뽑는 데는 주저할 이유가 없었다. 가볍지 않은 내공이 드러나는 문장을 만날 때마다 소설가 이승민이 궁금해지는 것은 당연했다.
2014 K-오서 여행소설 공모전으로 세상에 발을 내딛게 된 새로운 작가 이승민을 만났다.

:: 최종 심사를 맡았던 소설가 성석제 선생님은 구두로도 〈런던의 안식월〉을 칭찬하셨습니다. 작가의 성찰과 개성을 두둔하는 훈훈한 심사평도 인상적이었는데, 그 심사평을 읽고 난 기분이 어땠나요?

과분한 평이어서 눈으로는 읽히는데 가슴으로는 읽히지가 않았어요. 실감나지 않아 몇 번을 되풀이해 읽어야 했죠. 마침 성석제 선생님의 신작 〈투명인간〉을 읽고 언제쯤 나는 이러한 성찰과 개성에 닿을 수 있을까 망연해졌는데, 존경하는 작가님께서 후한 말씀을 주셔서 몸 둘 바를 몰랐습니다.

:: '계속 글을 써도 된다는 귀한 허락을 구한 것 같아 잠시 동안 안도의 한숨을 내쉬어본다'던 이승민 작가의 당선 소감 역시 뭉클한 행간이 읽혔는데, 처음 당선 소식이 전해졌을 때 뭘 하고 있었나요?

누나와 식당에서 청국장으로 점심을 들려다가 당선 통지 전화를 받았습니다. 응모 사실조차 까마득하게 잊고 있던 터라 그랬는지 수화기 너머 소리가 외계어처럼 들렸어요. 얼떨떨한 표정으로 전화를 받는 저를 보며 누나는 큰일이라도 난 줄 알고 걱정하더군요.

:: 가족 말고, 이승민 작가의 당선을 가장 축하해주던 사람 혹은 인상적인 반응은 뭐였을지 궁금합니다.

어떻게 알고 모교(추계예대 문예창작과)의 조교와 은사님으로부터 축하 연락을 받았습니다. 교수님께선 졸업작품집에 실렸던 제 소설 제목을 언급하며 언젠가 꿈을 이룰 줄 알았노라 덕담을 주시더군요. 얼굴이 빨개질 정도로 부끄럽고, 또 감사했습니다.

:: 뒤늦게 알게 된 사실이지만 문예창작과를 졸업했더군요. 어린 시절부터 소설가에 대한 꿈을 키워왔던 것이겠죠?

초등학교 6학년 때 〈테스〉를 읽고 어찌나 재미있던지 충격적일 정도였어요. 〈호밀밭의 파수꾼〉 같은 고전들에 빠져들면서 나도 소설을 써보고 싶다는 막연한 욕망을 키웠던 것 같은데, 이후 지극히 평범한 문학 소년으로 성장이 멈춰버린 게 아닌가 싶었습니다. 그러다 고교생이 되어 진로를 결정해야 했을 때 문득 시나리오를 쓰는 사람이 되고 싶다는 생각이 들었습니다. 나만의 색깔이 드러나는 작품을 쓰고 직접 촬영하고 심지어는 연기까지 하고 싶다는 꿈도 꿨지요.

:: 〈런던의 안식월〉 주인공 유진처럼 실제 잡지사 기자 생활을 오래 했다고 들었습니다. 잡지사에 근무하면서도 계속 소설을 썼나요?

몇몇 매체를 거치며 약 십 년간 잡지기자로 근무했습니다. 소설의 배경이 된 런던도 기자 시절 출장으로 인연이 시작된 곳이에요. 물론 그때도 틈틈이 소설을 썼고, 해외 취재가 많았던 덕분에 낯선 소설 재료들을 수집할 수 있는 기회가 되곤 했죠.

:: 자연스럽게 얘기가 나왔으니, 소설 〈런던의 안식월〉 이야기로 집중해볼게요. 소재도 신선했지만 주제도 강렬합니다. 이 소설의 출발이 궁금합니다. 어떤 계기 혹은 어느 사건으로부터 이 흥미진진한 이야기가 시작됐나요?

실제로 처음 런던을 찾았던 때 티베트인들의 시위대를 목격했습니다. 당시 출장 중이었던 저는 어울리지 않는 고급 차를 타고 런던의 명소

들을 둘러보고 있었는데 피카딜리 서커스 광장에서 우연히 그들을 보게 된 것이지요. 런던 도심 풍경과 어울리지 않는 아이러니한 이미지였는데, 비를 맞으며 절박하게 독립을 외치던 그들의 모습이 이상하게 오래 마음에 남더군요. 그 기억의 끝에서 출발한 것이 〈런던의 안식월〉입니다.

:: 소설 속에서 인혜의 불륜 관계 설정이 모호하게 그려지는 부분이 있습니다. 그래서 더 상상을 불러일으키고 묘한 신비감을 전달하기는 했지만, 내내 궁금했어요. 유진은 다른 남자와 결혼한 인혜와 제법 오랜 동안 고민 없이 불륜 관계를 유지해왔는데, 잡지사 에디터라는 제법 능력 있고 까칠한 성격을 지닌 남자에게 어울리지 않는 수동적 연애 방식 같았습니다. 유진이 인혜를 저버리지 못한 가장 큰 이유에 대해 작가는 어떻게 설정해두었을지 궁금했습니다. 그리고 런던 여행을 감행하려는 인혜에겐 도대체 어떤 사건이 벌어진 것인가요?

불륜의 정도, 수위, 비중을 어떤 수준에 맞출 것인가 하는 것은 내내 고민거리였습니다. 드러내기와 감추기 사이의 균형이 조금 어긋나 보이기도 해요. 사랑에 대처하는 유진의 행동은 수동적이죠. 그는 기본적으로 생각이 지나치게 많은 인간 유형이잖아요. 생각을 행위로 옮기는 보편적인 반응 과정에 결함을 갖고 있는 인물이기도 해요. 생각이 많은 이들의 특징이 행동에 대한 조건반사가 느리다는 것, 그리고 자신 혹은 타인이 정해 놓은 원칙을 잘 깨지 못한다는 것입니다. 유진은 인혜와의 사랑을 감정이 아닌 거대한 룰로 인식을 합니다. 이성은 종종 감정의 틈 사이에 균열을 만들고 행동하지 못하게 만듭니다. 원칙을 깨고 싶다와 깨지 말아야 한다 사이에서 멀미 나게 진동할 뿐. 그래서 데런도 감정 사이에 룰이 끼어드는 것의 위험성을 경계했던 것이고요. 그나저나 인혜에겐 정말 무슨 일이 일어난 것일까요? 독자의 상상에 맡기고, 예측을 기대하고 싶은데 괜찮겠죠?

:: 소설 흐름을 관통하는 나(유진)와 인혜의 아슬아슬한 불륜보다 인상적인 것이 게이 커플 데런과 첸의 파트너십입니다. 적극적으로 순수한 애정을 어필하는 첸과 분방하기 짝이 없는 데런을 통해 유진 역시 주체적이지 못했던 스스로를 더듬어보게 되는 듯했어요. 특히 게이 인권에 대한 깊은 시선이 동성애 혹은 성 소수자를 소재 차용으로만 다루고 있지 않다는 느낌을 받았습니다.

'잡지 바닥'에서 일하면서 다른 성 정체성을 지닌 사람들을 만나는 일이 왕왕 있었습니다. 덕분에 남들보다 좀 편안한 시선으로 바라볼 수 있게 됐죠. 〈런던의 안식월〉을 준비하던 중 뉴스에서 보게 된 영국의 동성 결혼 합법화 소식을 티베트 독립 이슈와 하나의 플롯으로 연결시켜야겠다고 마음먹고 나서 더 고민했어요. 단순히 관심 끌기용 소재로 써먹게 된다면 남보다 곱절로 돌팔매질 당할 수 있다고 생각했습니다. 사랑, 인권, 국권. 그 모든 것에는 누가 정해 놓은 것인지 모를 원칙들이 존재하잖아요. 그 원칙들이 예기치 못한 삶의 우연성과 충돌하면서 어떤 '케미'를 일으키는지, 그리고 어떻게 파괴와 재생의 사이클을 거치는지를 보여주고 싶었습니다. 티베트의 독립운동도, 동성애자들의 인권 문제도 결국 나아가는 방향 자체가 제 소설이 가고자 했던 길과 일치한다고 생각했습니다.

:: 어떤 소설가가 이승민 작가에게 큰 영향을 미쳤나요?

초등학생 시절 흠모했던 토마스 하디부터 최근 열독했던 밀란 쿤데라까지, 읽었던 작품의 거의 모든 작가들이 크고 작은 영향을 미쳤다고 봐야 할 것 같아요.

:: 따로 직업이 있다고 알고 있는데 소설은 언제, 어떻게 쓰나요?

단 몇 줄을 쓰더라도 일기처럼 매일 꾸준히 쓰려고 노력합니다. 굉장히 일찍 잠들고 또 그만큼 부지런히 일어나는 새벽형 인간이라 일어나자마자 컴퓨터 앞에 앉아 글을 쓸 때가 많아요.

:: 어떤 이야기를 쓰고 싶은가요?

좀 이상하게 들릴지도 모르겠지만 저를 기쁘게 하거나 행복하게 하는 재료들은 소설이 되지 않습니다. 나를 우울하게 만드는 것들을 꾹 담아두었다가 빵 터질 것 같은 순간에 배설하듯 써 내려갑니다. 정신없이 초고를 완성한 뒤에야 나 자신을 추스리듯 작품을 보게 되고요. 그런 의미에서 허무와 열등감, 우울은 기쁨보다 더 질긴 생명력을 가지고 있는지도 모르겠습니다.

:: 소설 쓸 때 특별한 버릇이 있나요?

초고를 완성하는 시간보다 수정하는 시간이 서너 배 오래 걸리는 편입니다. 초고 써 놓고 이것이 소설 꼴을 갖추기는 한 것인가 싶어 한 동안 묵혀 놓는 시간이 포함돼서 더 그렇게 되더라고요. 마음에 들지 않는 소설들은 '쓰레기'라는 이름의 폴더에 넣어 놓는데 정도에 따라 3등급으로 표시해 놓습니다. 그중 1등급 판정을 받은 상쓰레기 파일들은 얼마 후 깨끗하게 지워버립니다.

:: 갓 데뷔한 신인 작가에겐 굉장히 드문 일이지만, 당선작 〈런던의 안식월〉과 함께 책에 싣기 위해 써둔 단편소설을 조심스레 요청했을 때 여섯 편이나 보내줘 깜짝 놀랐습니다. 더욱 반가운 것은 문학적 완성도를 떠나 굉장히 기묘한 소재들이었는데(지면에 밝힐 수 없는 게 아쉬울 정도!)**, 소설의 소재를 어디서 구하곤 하나요?**

뭐 하나 제대로 자신 있는 작품이 있었다면 여섯 편씩 보내지 않았을 거예요. (웃음) 소설의 소재는, 그러니까 세상 사는 일이 모두 소설인 것 같습니다. 세상과 사람 구경을 좋아하는데, 딱히 소재를 구한다기보다는 어느 순간 그 가운데서 어떤 이야기가 부지불식간에 말을 걸어오곤 해요.

:: 첫 책이 출간됐습니다. 심장이 뛰고 있는 게 느껴지십니까? 신인 작가로서 어떤 일이 가장 기대되고, 어떤 게 가장 두려운가요?

독자를 만나게 되는 일이 가장 기대되고, 동시에 너무 두렵습니다.

:: 어떤 독자가 〈런던의 안식월〉을 읽기를 바라나요?

어디론가 떠나고 싶은 사람, 아니 나처럼 두려움이 많아 떠나지 못하는 사람.

:: 이제 소설가 이승민은 시작을 알렸을 뿐이죠. 다음 작품은 어떤 소설인가요?

평양을 소재로 한 단편 〈연분희 애정사〉를 쓰고 있습니다. 북한 사투리 때문에 좀 애를 먹고 있네요.

:: 〈런던의 안식월〉을 읽고 누군가는 런던으로의 여행을 꿈꾸게 될지도 모릅니다. 지금, 떠나고 싶은 여행지는 어디인가요?

핀란드로 날아가 얼어붙은 숲길을 걷고 싶습니다. 아무도 밟지 않은 눈길을 걸으며 혼자이고 싶습니다. 세상과 완벽하게 단절된 그곳에서라면 조금 덜 외로울지도 모르겠네요.

:: 어떤 소설가가 되고 싶나요?

데뷔작 이후 몇 년이 가도록 감감무소식인 소설가는 되지 않았으면 좋겠는데, 그럴 수 있을까요? 노력하겠습니다.

:: 내일은 뭐하나요?

새벽에 일어나 두 시간가량 글을 쓴 후 출근할 예정입니다. 퇴근하고 돌아와서는 친구가 선물해준 〈작가란 무엇인가〉를 읽어볼 계획입니다

런던의 안식월

초판 1쇄 발행 2014년 10월 21일

지은이.. 이승민

펴낸이.. 오유리

펴낸곳.. 바람

편집자.. 정명효 김태정

디자인.. 안지미

표지 그림.. 이정호

마케팅.. 변창욱 신은혜 김소영

출판등록.. 2013년 9월 3일 제2013-000101호

주소.. 서울특별시 영등포구 도림동 819 대우미래사랑 102동 1803호

전화.. 070-8843-4809

팩스.. 02-569-9509

전자우편.. yuriege@hotmail.com, maenglee@hanmail.net, imgmkr@gmail.com

블로그.. blog.naver.com/baramtravel

페이스북.. www.facebook.com/baram.publishing.house

ISBN 979-11-951635-2-6

.. 바람은 왕의서재의 임프린트입니다.

.. 파본은 구입하신 서점에서 교환해 드립니다.